William S. Burroughs

Ghost of Chance

WILLIAM S. BURROUGHS

Ghost of Chance

Aus dem Amerikanischen übersetzt
von Manfred Gillig-Degrave

hannibal

Titel der Originalausgabe:
Ghost of Chance

Lektorat: Esther Breger
Illustrationen: William S. Burroughs
Buchdesign: bw works
Druck: Druckerei Theiss GmbH, A-9431 St. Stefan
ISBN: 3-85445-233-0

Inhalt

— Teil 1 —

Captain Mission schulterte sein doppelläufiges, stets mit Schrotkugeln geladenes Steinschlossgewehr und schob sich den Kurzsäbel, der in seiner Scheide steckte, unter den Gürtel. Er nahm sich seinen Gehstock und lief in die Siedlung hinaus und blieb hier und da stehen, um sich mit den Siedlern zu unterhalten.

Sie hatten einen exzellenten roten Ton zum Brennen der Ziegelsteine gefunden, aus denen sie zweistöckige Behausungen mit Balkonen im Obergeschoss bauten, die sich auf schwere Balken aus Hartholz stützten. Diese Gebäude reihten sich eins ans andere, wobei die beiden Räume im Erdgeschoss jeweils als Küchen- und Essbereich dienten, während die Schlaf- und Wohnbereiche oben lagen. Die Balkone waren miteinander verbunden und mit Hängematten und Strohpritschen ausgestattet. Diese Bauten boten einen Blick auf das Meer; Treppen führten in die Bucht hinunter, in der zahlreiche Boote vertäut waren.

In der Eingeborenensprache stand das Wort „Lemur" für „Geist". Diese Geister zu töten war tabu, und Mission hatte deshalb ein Verbot erlassen. Zuwiderhandlungen wurden mit Vertreibung aus der Siedlung bestraft. Wenn es ein Verbrechen gab, das die Todesstrafe verdiente, die seinen Statuten gemäß ebenfalls verboten war, dann war es dieses.

Er war auf der Suche nach einer speziellen Lemurenart, die den Informationen eines Eingeborenen zufolge wesentlich größer als die anderen war – wie ein Kalb oder eine kleine Kuh.

„Und wo finde ich diese großen Geister?"

Der Einheimische wies mit einer vagen Geste ins Landesinnere. „Sie müssen sich vor der bösen ‚Eidechse-die-ihre-Farben-ändert' in Acht nehmen. Wenn Sie ihrem Zauber erliegen, werden auch Sie Ihre Farbe verändern. Sie werden schwarz vor Zorn und grün vor Furcht und rot vor Sex."

„Und was soll daran so schlimm sein?"

„Sie werden innerhalb eines Jahres sterben. Die Farben werden Ihre Haut und Ihr Fleisch zersetzen."

„Du hast von einem großen Geist gesprochen. Größer als eine Ziege … Wo kann man diese Geister finden?"

„Wenn Sie Chebahaka hören, den Mann-in-den-Bäumen, dann Großer Geist ist nicht da. Sie kann nicht sein, wo Lärm ist."

„Sie?"

„Sie. Er. Für Großen Geist kein Unterschied."

„Aha. Er ist also dort, wo Mann-in-den-Bäumen nicht ist?"

„Nein. Er ist dort, wenn Mann-in-den-Bäumen schweigt."

Was immer bei Morgen- und Abenddämmerung der Fall war.

MISSION GING LANDEINWÄRTS, einen steilen Pfad hinauf, der zweihundert Meter über dem Meer ins Ebene überging. Er blieb stehen, stützte sich auf seinen Stock und schaute zurück. Der steile Anstieg hatte ihn weder kurzatmig gemacht noch zum Schwitzen gebracht. Er betrachtete die Ansiedlung aus frisch gebrannten roten Ziegelsteinen und Strohdächern, die mit ihren Häusern schon jetzt zeitlos wie ein Märchenland wirkte. Er konnte die Schattenspiele des Wassers unter der Landungsbrücke erkennen, die schlummernden Fische, das klare blaue Wasser der Bucht, die Felsen und das Laubwerk, als würde alles in einem durchsichtigen und rahmenlosen Gemälde fließen.

Stille senkte sich über die Szene wie ein Leichentuch, das zu Staub zerfallen würde, sobald er sich bewegte. Jetzt tänzelte eine Windbö auf Katzenpfoten über die Bucht, hangaufwärts durch die Farne und Blätter, und streichelte sein Gesicht mit einem Hauch von Panik. Kleine Geisterpfoten krochen an seiner Wirbelsäule hoch und kitzelten seine

Nackenhaare dort, wo das Todeszentrum kurz aufflackert, wenn ein Sterblicher seine Seele aushaucht.

Captain Mission fürchtete sich nicht vor Panik, vor dem plötzlichen, unerträglichen Wissen, dass alle Dinge lebendig sind. Er selbst war ein Bote der Panik, des Wissens, vor dem sich der Mensch am allermeisten fürchtet: der Wahrheit über seine Herkunft. Sie liegt so nahe. Radiere nur die Wörter aus und schaue.

Er bewegte sich durch Riesenfarne und Schlingpflanzen, wie in einem grünen Schatten, ohne seinen Säbel zu gebrauchen, und blieb am Rand einer Lichtung stehen. Für einen Augenblick gefror jede Bewegung zu einem Standbild, dann aber bewegte sich ein Busch, ein Stein, ein Baumstamm, als eine Horde ringelschwänziger Kattas auftauchte, eine springlebendige Parade, die zitternden Schwänze hoch über die Köpfe in die Luft gereckt. Dann – *husch!* – waren sie verschwunden und mit ihnen der Raum, den sie eben noch erfüllt hatten. In der Ferne konnte er die Schreie des Sifaka-Lemuren hören, den die Einheimischen Chebahaka, Mann-in-den-Bäumen, nennen.

Mit einer schnellen Bewegung fing er eine Heuschrecke und kniete sich neben einem moosbedeckten Stamm nieder. Ein winziges Gesicht mit runden Augen und großen, bebenden Ohren blickte nervös unter dem Stamm hervor. Er hielt ihm die Heuschrecke hin, und der kleine Mausmaki stürzte sich mit zwitscherndem Gepiepse des Entzückens darauf, hielt sie zwischen seinen Pfötchen und knabberte mit seinen winzigen Nadelzähnchen schnell daran herum.

Mission näherte sich dem Geräusch, das immer lauter und lauter wurde. Jetzt hatten ihn die Chebahakas entdeckt und stießen einen kollektiven Schrei aus, der ihm beinahe das Trommelfell zerstach. Dann wurde es plötzlich und mit einer solchen Wucht still, dass er zu Boden ging. Für ein paar Minuten blieb er halb ohnmächtig liegen und beobachtete, wie sich die grauen Gestalten schwingend von Baum zu Baum auf und davon machten.

Langsam erhob er sich und stützte sich auf seinen Stock. Vor ihm stand ein uraltes Gemäuer, das von Schlingpflanzen und grünem Moos überwuchert war. Er durchschritt einen Bogengang, unter seinen Füßen steinerne Platten. Eine mächtige, hellgrün glitzernde Schlange glitt die Stufen hinunter, die zu einem Raum unter der Erde führten. Vorsichtig stieg er hinab. An der anderen Seite des Raums fiel das Licht des Nachmittags durch einen zweiten bogenförmigen Eingang, und er konnte die steinernen Wände und die Decke erkennen.

In der Ecke des zweiten Raums fand er ein Tier, das aussah wie ein kleiner Gorilla oder Schimpanse. Das überraschte ihn, denn man hatte ihm gesagt, es gebe keine echten Affen auf der Insel. Die Kreatur war völlig regungslos und schwarz, als wäre sie aus Dunkelheit geformt. Er sah auch ein großes, hellrosafarbenes, schweineartiges Tier, das an der Wand zu seiner Rechten auf der Seite lag und sich räkelte.

Dann entdeckte er direkt vor sich ein Tier, das auf den ersten Blick aussah wie ein kleines Reh. Das Tier näherte sich seiner ausgestreckten Hand, und er sah, dass es keine Hörner hatte. Seine Schnauze war lang gezogen, und er erkannte scharfe Zähne, die wie kleine Krummsäbel geformt waren. Die langen, dünnen Beine endeten in kabelähnlichen Fingern. Seine Ohren waren groß und nach vorn gerichtet, die Augen wie durchsichtiger Bernstein, in denen die Pupillen wie glitzernde Juwelen trieben und ihre Farben je nach Lichteinfall änderten: Obsidian, Smaragd, Rubin, Opal, Amethyst, Diamant.

Langsam hob das Tier eine Pfote und berührte sein Gesicht, was in ihm die Erinnerung an einen archaischen Verrat wachrief. Während Tränen über sein Gesicht strömten, streichelte er den Kopf des Tiers. Er wusste, dass er vor Einbruch

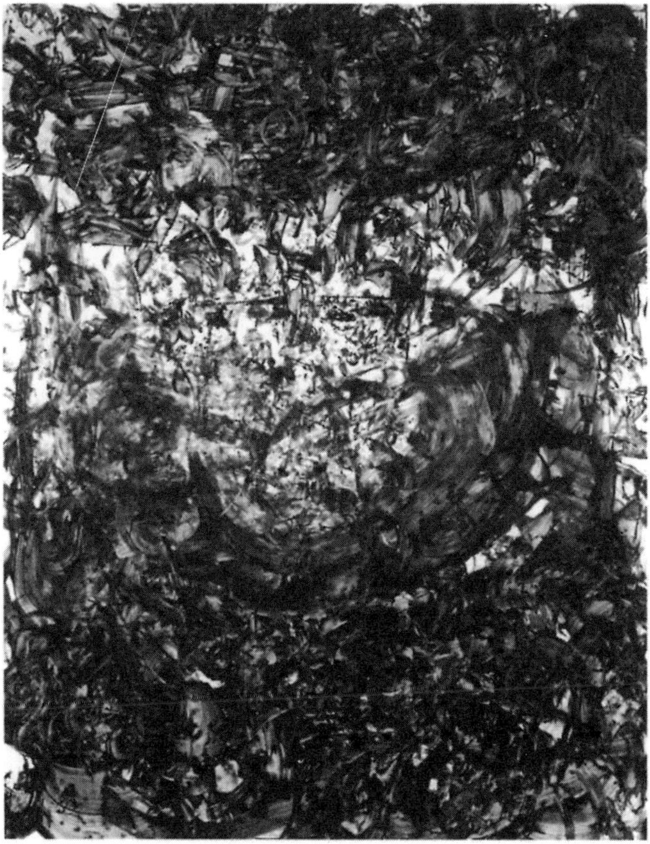

der Dunkelheit zur Siedlung zurückkehren musste. Es gibt immer etwas, was ein Mann zur rechten Zeit tun muss. Für den Reh-Geist war Zeit nicht existent.

—

Er lief immer schneller den Hang hinunter und zerriss sich die Kleidung an Felsen und dornigen Reben, doch zur Abenddämmerung war er zurück in der Siedlung. Er wusste sofort, dass er zu spät kam und dass irgendetwas verdammt schief gelaufen war. Niemand erwiderte seinen Blick. Dann sah er Bradley Martin, der sich über einen sterbenden Lemuren beugte.

Mission sah die Schusswunde im Körper des Tiers. Er spürte, wie dic Wut wie eine rote Hitzewelle in ihm hochstieg, Martin jedoch ließ sich keinerlei Ärger anmerken.

„Warum?“, würgte Mission hervor.

„Hat meine Mango geklaut“, murmelte Martin anmaßend.

Missions Hand flog zum Griff seiner Pistole.

Martin lachte. „Sie werden doch wohl nicht gegen Ihre eigenen Vorschriften verstoßen, Captain?“

„Nein. Aber ich will Sie an Paragraf dreiundzwanzig erinnern: Können zwei Parteien ihre Meinungsverschiedenheit nicht beilegen, muss notfalls per Duell entschieden werden."

„Aye, aber ich habe das Recht, nicht auf Ihre Herausforderung einzugehen, und genau das tue ich."

Martin war ein mittelmäßiger Fechter und ein lausiger Pistolenschütze.

„Dann müssen Sie Libertatia noch heute Abend vor Sonnenuntergang verlassen. Ihnen bleibt eine knappe Stunde."

Martin drehte sich wortlos um und machte sich in Richtung seiner Unterkunft davon. Mission bedeckte den toten Lemuren mit einer Plane und nahm sich vor, den Kadaver am nächsten Morgen in den Dschungel zu bringen und dort zu begraben.

—

In seinem Quartier überfiel Mission plötzlich eine lähmende Erschöpfung. Er wusste, dass er Martin folgen und die Angelegenheit ein für alle Mal klären sollte, dem aber standen – wie Martin gesagt hatte – seine eigenen Vorschriften entgegen ... Er legte sich hin und fiel sofort in tiefen Schlaf. Er träumte, dass überall in der Siedlung tote Lemuren verstreut waren, und im Morgengrauen erwachte er mit tränenüberströmtem Gesicht.

Mission zog sich an und ging hinaus, um den toten Lemuren zu holen, der Lemur samt Plane war jedoch verschwunden. Jetzt fiel es ihm wie Schuppen von den Augen, weshalb Martin den Lemuren erschossen hatte und was er vorhatte: Er würde zu den Eingeborenen gehen und ihnen erzählen, dass die Siedler die Lemuren getötet und ihn angegriffen hätten, als er dagegen protestierte, und dass er haarscharf mit dem Leben davongekommen sei. Für die Einheimischen in dieser Gegend waren Lemuren heilig, und deshalb bestand die Gefahr blutiger Vergeltung.

Mission machte sich erbitterte Vorwürfe, dass er Martin hatte entkommen lassen. Es war sinnlos, ihn jetzt noch suchen zu wollen. Der Schaden war bereits angerichtet, und die Eingeborenen würden Missions Dementi niemals glauben.

* * *

Man beachte die unerbittliche Logik der Großen Lüge: Liebt ein Mensch zum Beispiel Katzen über alles und widmet er sich ganz dem Schutz der Katzen, so braucht man ihn dennoch bloß zu beschuldigen, er töte und misshandle Katzen. Diese Lüge wird unmissverständlich wie die Wahrheit klingen, während er prompt in den Ruch von Falschheit und Ausflucht gerät, wenn er sie empört zurückweist.

Diejenigen, die Stimmen aus ihrer nicht dominanten Hirnhemisphäre vernommen haben, betonen die absolute Glaubwürdigkeit der Stimme. Sie wissen, dass sie die Wahrheit hören. Die Tatsache, dass kein Beweis geliefert wird und dass die Stimme völligen Unsinn reden kann, ist irrelevant. Solcherart ist das Wesen der Wahrheit. Und Wahrheit hat nichts mit Fakten zu tun. Diejenigen, die die Wahrheit zu ihrem eigenen Vorteil manipulieren, die Anhänger der Großen Lüge, umgehen die Fakten sorgfältigst. In der Tat empfinden diese Leute nichts als so anstößig wie ein auf Tatsachen beruhendes Konzept der Realität. Wer Fakten in seine Verteidigung einbezieht, der komplimentiert sich selbst aus dem Gerichtssaal.

In einem vorausbestimmten und deshalb gänzlich voraussagbaren Universum liegt die schwärzeste Sünde darin, an den im Voraus festgelegten Einstellungen herumzupfuschen, was dazu führen könnte, dass sich die vorab fixierte Zukunft verändert. Dieser Sünde machte sich Captain Mission schuldig. Er drohte damit, für jedermann ersichtlich zu demonstrieren, dass dreihundert Seelen in relativer Eintracht miteinander, mit ihren Nachbarn und mit der Ökosphäre aus Flora und Fauna koexistieren können.

* * *

Big Ben schlägt die Stunde. In einem gedämpften, geisterhaften Raum kommen die Hüter der Zukunft zusammen. Die Wächter der Direktiven: Mektoub, es steht geschrieben. Und sie wollen nicht, dass sich das ändert.[1]

„Wenn es jetzt dreihundert Menschen sind, dann werden es dreitausend, womöglich dreißigtausend. Das könnte sich überall ausbreiten. Es muss *jetzt* gestoppt werden."

„Unser Mann Martin hat ins Ziel getroffen. Ziemlich verlässlich."

Eine Frau beugt sich leicht vor. Ein fesselndes Gesicht von zeitloser Schönheit und Bösartigkeit, einer Bösartigkeit, die den Atem stocken lässt wie ein tödliches Gas. Der Vorsitzende bedeckt sein Gesicht mit einem Taschentuch.

Sie spricht mit kalter, spröder Stimme, jedes Wort ein Obsidiansplitter: „Es gibt eine noch drohendere Gefahr. Und damit meine ich Captain Missions zwielichtige Beschäftigung mit den *Lemuren*."

Das Wort gleitet aus ihrem Mund und windet sich vor Hass.

—

Der Vorfall mit Martin zieht keine weiteren Folgen nach sich. Aber Mission ist nach wie vor auf der Hut. Er spürt, dass Martin dort draußen mit der kalten, reptilhaften Geduld des perfekten Agenten darauf wartet, dass seine Zeit kommt.

Er hatte Martin von Anfang an unterschätzt, indem er ihn übersehen hatte. Martin besaß die Fähigkeit, von jeglichem Interesse an seiner Person abzulenken.

* * *

Will man etwas verbergen, muss man vor allem dafür sorgen, dass sich niemand für den Ort interessiert, wo es versteckt ist.

* * *

Sogar seine hierarchische Stellung war zweideutig, irgendetwas zwischen einem unbedeutenden Offizier und einem Mitglied der Crew. Aber da es keine unbedeutenden Offiziere gab, besetzte er einen freien Raum. Und machte keinerlei Anstalten, diesen Raum auszufüllen. Wenn man ihm etwas auftrug, erledigte er es schnell und effizient. Dennoch hatte er keinerlei Eigenantrieb, sich nützlich zu machen.

Da Mission den Kontakt zu Martin als ziemlich unangenehm empfand, hatte er ihn immer seltener gebeten, etwas zu tun. Es gefiel Mission nicht, dass sich Martin zu den Siedlern gesellt hatte, aber er tat seine Arbeit und störte niemanden. Wenn er nicht arbeitete, saß er einfach da, mit einem derart ausdruckslosen Gesicht wie ein

leerer Teller. Er war ein großer, schlampiger Mann mit rundem, teigigem Gesicht und gelbem Haar. Seine Augen waren stumpf und kalt wie Blei.

Mission *nahm* Martin zum ersten Mal *richtig wahr,* als sie durch den sterbenden Lemuren miteinander konfrontiert wurden. Und was er sah, schürte in ihm einen tödlichen, unversöhnlichen Hass.

Für ihn ist Martin der bezahlte Diener von allem, was er verabscheut. Keine Nachsicht, kein Kompromiss sind möglich. Dies bedeutet Krieg bis zur Ausrottung.

—

Mission hatte Opium und Haschisch geraucht und eine Droge genommen, die bei den südamerikanischen Indianern Yagé genannt wird. Es musste also auch, so schloss er, auf dieser riesigen Insel, wo es so viele Tiere und Pflanzen gab, die man sonst nirgends fand, eine eigentümliche, besondere Droge existieren. Nach einigen Erkundigungen bekam er heraus, dass eine solche Droge tatsächlich existierte: Sie wurde aus einem parasitären Pilz extrahiert, der ausschließlich auf einer bestimmten stacheligen Pflanze in den Trockengebieten des Südens wuchs.

Die Droge hieß „Indri", was in der Sprache der Einheimischen so viel wie „schau hin" bedeutet.[2]

Für fünf Gulden erwarb er von einem freundlichen Mann einen kleinen Vorrat. Die Droge sah aus wie grünlich gelbe Kristalle. Der Mann, der sich Babuchi nannte, zeigte ihm genau, wie viel davon er nehmen sollte, und warnte ihn davor, mehr zu konsumieren.

„Viele nehmen *Indri* und merken keinen Unterschied. Dann nehmen sie mehr davon und sehen zu vieles anders."

„Ist es eine Droge für den Tag oder für die Nacht?"

„Am besten für Dämmerung und Zwielicht."

Mission rechnete mit einer Stunde bis zum Sonnenuntergang – Zeit genug, um sein Dschungelcamp zu erreichen.

„Wie lange dauert es, bis die Wirkung einsetzt?"

„Sehr schnell."

—

MISSION MACHTE SICH rasch auf den Weg. Nach einer halben Stunde spülte er eine kleine Portion der Kristalle mit einem Schluck Wasser aus seinem ziegenledernen Wasserbeutel hinunter. Schon nach wenigen Minuten stellte er eine Verschiebung seines Blicks fest, als würden sich seine Augen um verschiedene Angelpunkte drehen, und zum ersten Mal sah er die Eidechse-die-ihre-Farbe-ändert. Sie war ziemlich groß, ungefähr sechzig Zentimeter lang und schwer zu erkennen – nicht etwa, weil sie die Farben ihrer Umgebung angenommen hatte, sondern weil sie absolut bewegungslos war. Er näherte sich der Echse, die ein Auge auf ihn gerichtet hatte und schwarz wurde vor Ärger. Ganz offensichtlich gefiel es der Eidechse-die-ihre-Farbe-ändert nicht, dass man sie erkannte. Ihre Farben verblassten zu einem braun gesprenkelten neutralen Orangegelb. Auf einem Blattrand saß eine wie aus Borke geschnitzte Gurkha-Eidechse. Sie blinzelte Mission mit einem goldenen Auge zu.

Trotz erforderlicher Wachsamkeit verbrachte Mission zunehmend mehr Zeit im Dschungel bei seinen Lemuren. Er hatte sich im uralten Steingemäuer, das er entdeckt hatte, häuslich eingerichtet. Es war völlig von den Wurzeln eines gewaltigen bauchigen Baums eingehüllt, als würde ein Riese es in seinen Händen halten. Das offene Gewölbe im zweiten Raum war girlandengleich mit Wurzeln geschmückt. Der Boden war mit Steinen ausgelegt. Er hatte den Eingang mit einem Moskitonetz verhängt und sich auf dem Boden ein Strohlager hergerichtet. Als er den Boden fegte, hatte es ihn überrascht, dass es so wenige Insekten gab, noch dazu keine giftigen. Die steinernen Stufen waren ausgetreten und glatt poliert wie von vielen Füßen, vielleicht nicht von menschlichen Füßen.

Seit der ersten Begegnung hatte er eine Truppe der größeren Lemuren entdeckt. Diese Lemurenart war zu groß und zu schwer, um komfortabel auf Bäumen leben zu können, und hielt sich hauptsächlich am Boden auf, in einem mit Gras und Buschwerk bewachsenen Gebiet, eine gute Meile von seinem Camp entfernt, wo der Urwald allmählich ausdünnte. Ideales Weideland, wie Mission schaudernd feststellte. Die Tiere waren vertrauensvoll und sanft und offen für menschliche Zuneigung.

Mission beeilte sich. Er wollte das alte Gemäuer noch vor der Dämmerung erreichen und hoffte, dass sein besonderer Lemur da wäre. Er schlief oft auf seinem Strohlager mit dem Lemuren an seiner Seite. Er nannte das Tier Geist.

Als er Mission kommen sah, stieß Geist einen kleinen zwitschernden Willkommenslaut aus. Mission zog seine Stiefel aus und hängte seine Kleidungsstücke an hölzerne Pflöcke, die in die Ritzen des Mauerwerks getrieben waren. Das einzige Möbelstück war ein auf zwei Beinen stehender Tisch aus grob zugeschnittenen Planken, der an der Wand befestigt war, auf ihm ein Tintenfass,

Federkiele und Pergamentpapier. In einer Ecke des Raums gab es ein kleines Wasserfass mit Zapfhahn, einige Kochutensilien, eine Axt, eine Säge, Hämmer und eine Muskete. Schießpulver und Kugeln lagen in der Tischschublade.

—

MISSION SASS AM HOLZTISCH neben seinem Phantom, seinem Geist, und dachte über das Geheimnis des Gemäuers nach. Wer könnte es wohl gebaut haben?

Wer?

Er stellt die Frage in Hieroglyphen … eine Feder … Er nimmt sich einen Federkiel. Wasser … das klare Wasser unter der Landungsbrücke. Ein Buch … ein altes Buch mit Goldschnitt und Illustrationen. *Die Geister-Lemuren von Madagaskar.* Feder … eine Möwe stürzt sich auf Abfall im Wasser … das Kielwasser vieler Schiffe an vielen Orten. Eine Feder des Großen Vogels, der einst hier lebte, und der Heilige See zwei Tagesmärsche im Osten, wo man jedes Jahr dem Heiligen Krokodil eine Färse opfert. Und dann fragt sich Mission, ob es noch andere, ähnliche Bauwerke auf der Insel gibt …

Wo?

Ein Laib Brot … Wasser … ein Gefäß … eine Gans, die an einem Pflock angebunden ist. Von einem Ende der Insel bis zum andern schauen – durch die Augen der Eidechse-die-ihre-Farbe-ändert. Mission weiß nicht, warum ihn die Fragen erschrecken, die ihm durch den Kopf gehen, aber es befriedigt ihn, dass er entsetzt ist – oder zumindest fast.

Wann?

Ein Schilfrohr … ein Laib Brot … Ein Vogel kreist am Himmel. Eine Frau rupft Federvieh, holt einen Brotlaib aus dem Lehmofen. Der Bruch zwischen dem Wilden, dem Zeitlosen, dem Freien und dem Zahmen, dem Zeitgebundenen, dem Gebundenen wie die Gans am Pflock, die sich auf immer gegen ihr Angebundensein auflehnen wird.

Das Gemäuer, das für Mission bereits zur Obsession geworden ist, kann nur zu einer ganz bestimmten Zeit gebaut worden sein – nämlich bevor die Bruchstelle zur Kluft wurde.

Das Konzept einer Frage ist Schilfrohr und Wasser. Das Fragezeichen verblasst zu Schilf und Wasser. Die Frage existiert nicht.

Fremdartige Kreaturen setzen Steine zusammen. Mission kann sie nicht deutlich erkennen, nur ihre Hände, wie graue Seile. Er verspürt die immense Schwierigkeit einer ungewohnten Aufgabe. Die Steine sind zu schwer für die Hände und Körper dieser Wesen. Und doch müssen sie aus irgendeinem Grund dieses Gemäuer bauen.

Warum?

Dafür gibt es keinen Grund.

—

GEIST RÄKELTE SICH neben Mission und rülpste den süßen Duft der Tamarindenfrucht aus. Trotz Babuchis Warnung wusste Captain Mission, dass er noch sehr viel lernen musste.

Er zündete eine Kerze an und schüttete eine unverschämt große Menge der *Indri*-Kristalle auf seine Handfläche und spülte sie mit einer Tasse Wasser hinunter. Fast unvermittelt erinnerte er sich an den Traum-Gorilla im Kellerraum, an das fremdartige Schweinewesen, das er gesehen hatte, und dann an den sanften Reh-Lemuren.

Mission legte sich neben seinem Geist hin. Er war sich nicht sicher, ob er wirklich sehen wollte, was das *Indri* ihm zeigen würde; er wusste schon jetzt, dass das, was er sehen würde, unerträglich traurig sein würde. Er schaute durch die Baumwurzeln nach draußen, als die Nacht das letzte Tageslicht aufsog wie ein gewaltiger schwarzer Schwamm.

Da lag er nun im grauen Licht und hatte den Arm um seinen Lemuren gelegt. Das Tier schmiegte sich enger an ihn und legte eine Pfote auf sein Gesicht. Winzige Mausmakis stahlen sich aus Wurzelwerk und Nischen und Astlöchern des uralten Baumes und hüpften im Raum umher, während sie sich mit leisen Quietschern auf Insekten stürzten. Ihre Schwänze zuckten über den Köpfen; ihre großen, flackernden Ohren, dünn wie Papier, erbebten bei jedem Geräusch, während ihre großen durchsichtigen Augen die Wände und den Boden nach Insekten absuchten. Das machten sie nun schon seit Millionen von Jahren so. Der zuckende Schwanz und die zitternden Ohren markierten den Fluss der Jahrhunderte.

Während das Licht vom Schwamm der Nacht aufgesogen wurde, konnte Mission meilenweit und in alle Richtungen sehen: die Regenwälder der Küste, die Berge und das Buschwerk des Landesinneren, die Trockengebiete des Südens, wo die Lemuren auf dem großen, stachligen *Didierea*-Kaktus herumhüpften.[3]

Sie tanzen und springen und huschen hinweg in die ferne Vergangenheit, bevor der Mensch auf dieser Insel ankam, bevor der Mensch auf der Erde auftauchte, bevor die Zeit begann.

—

Ein altes illustriertes Buch mit Goldschnitt-Kupferstichen, jede Abbildung von durchsichtigem Pergamin geschützt … *Die Geister-Lemuren von Madagaskar* in goldenen Buchstaben. Riesenfarne und Palmen, bauchige Tamarindenbäume, Weinreben und Büsche. In einer Ecke des Bildes sieht man einen riesigen, drei Meter hohen Vogel, ein plumper, unbeholfener, hilfloser Vogel, der offensichtlich nicht fliegen kann. Dieser Vogel erzählt einem, dass hier die Zeit in einer Kapsel eingefangen ist. In diesem Urwald kann es keine Raubtiere, keine großen Katzen geben. In der Mitte des Bildes sehen wir einen ringelschwänzigen Lemuren auf einem Zweig, der dem Betrachter geradewegs in die Augen schaut. Jetzt tauchen noch mehr Lemuren auf, wie in einem Puzzle …

Das Volk der Lemuren ist älter als der Trottel und Totschläger Homo sapiens, viel älter. Sie lassen sich einhundertsechzig Millionen Jahre zurückverfolgen, bis zu jener Zeit, als sich Madagaskar vom afrikanischen Festland zu trennen begann. Ihre Art zu denken und zu fühlen unterscheidet sich grundlegend von der unsrigen, sie orientiert sich nicht an Zeit und Abfolge und Kausalität. Sie finden solche Konzepte widerlich und schwer verständlich.

Man könnte meinen, dass eine Spezies, die keine Fossilien hinterlässt, für immer verloren ist.

Aber das Große Bild, die Geschichte des Lebens auf Erden, kann von jedem gelesen werden. Gebirgige Landmassen und Urwälder ziehen vorbei, manche verlangsamen, andere beschleunigen ihre Drift; unermessliche Flüsse von Land, in Bewegung oder in weiten Deltas stagnierend, Strudel von Land, die wie Sägen Inseln absplittern, ein großer Riss, die Landmassen reiben sich aneinander, dann brechen sie, fliegen auseinander, schneller und immer schneller … und bremsen ab, um zur großen roten Insel mit ihren Wüsten und Regenwäldern zu werden, zu buschbewachsenen Bergen und Seen, mit ihren einzigartigen Tieren und Pflanzen und dem Fehlen von Raubtieren oder giftigen Reptilien, ein unermessliches Heiligtum für Lemuren und die zarten Geister, die durch sie atmen, das Schimmern in den Edelsteinaugen eines Baumfroschs.

Als Madagaskar noch ein Anhängsel von Afrika war, bildete es eine elementare Landmasse, die wie ein unregelmäßiger Tumor herausstach, von einer Spalte eingekerbt, die seine späteren Konturen vorwegnahm; dieser lange Senkungsgraben war wie eine gewaltige Schneise, wie die Spalte, die den menschlichen Körper teilt. Der Grabenbruch war an manchen Stellen eine Meile breit, an anderen verengte er sich auf ein paar hundert Fuß. Es war ein Gebiet der explosiven Veränderung und der Kontraste, von wütenden elektrischen Stürmen durchtost, an manchen Stellen unglaublich fruchtbar, an anderen wiederum gänzlich öde.

Das Volk der Spalte, von Chaos und Zeitbeschleunigung geprägt, rast durch einhundertsechzig Millionen Jahre bis zur Spaltung. Auf welcher Seite stehst du? Zum Wechseln ist es jetzt zu spät. Durch einen Vorhang aus Feuer voneinander getrennt. Wie ein riesiges, festliches Schiff, das mit einem Feuerwerk vom Stapel läuft, bewegte sich die große rote Insel majestätisch hinaus auf See und ließ eine klaffende Wunde in der Flanke der Erde zurück, aus der Lava blutete und schädliche Gase spritzten. Sie liegt nun seit einhundertsechzig Millionen Jahren vertäut in verzauberter Ruhe.

Zeit ist ein menschliches Elend; nicht eine menschliche Erfindung, sondern ein Gefängnis. Was bedeuten schon einhundertsechzig Millionen Jahre ohne Zeit? Und was für eine Bedeutung hat die Zeit für Futter suchende Lemuren? Keine Raubtiere hier, es gibt nicht viel zu fürchten. Sie haben Daumen zum Greifen, aber stellen keine Werkzeuge her; sie brauchen keine Werkzeuge. Sie sind unberührt vom Bösen, das in Homo sap fließt und ihn erfüllt, wenn er zur Waffe greift – denn nur er verfügt über diesen Vorteil. Allein schon das Wissen, eine Waffe zu haben, schürt ein schrecklich hämisches Gefühl!

Schönheit ist immer dem Untergang geweiht. „Die Bösen und Bewaffneten rücken näher." Homo sap mit seinen Waffen, seiner Zeit, seinem unstillbaren Geiz und seiner Ignoranz, die so abscheulich ist, dass sie ihr eigenes Gesicht nicht ertragen kann.

Der Mensch wurde in die Zeit hineingeboren. Er lebt und stirbt in der Zeit. Wo immer er hingeht – er nimmt Zeit mit sich, und er drängt Zeit auf.

CAPTAIN MISSION LIESS sich schneller und schneller hinaustreiben, gefangen in einem Sog von Zeit. „Raus und runter und raus und raus", wiederholte eine Stimme in seinem Kopf.

* * *

Löschen Sie das Konzept einer Frage aus Ihrem Denken. Die ägyptische Glyphe ist ein Schilfrohr oder Feder oder Wasser. Wer? Das Wasser die Feder das Buch. Radieren Sie es aus mit der quäkenden Gans des Wo und dem Brot des Wann, sodass es zu einem großen, flugunfähigen Vogel in einem sumpfigen Teich verblasst.

* * *

Mission erkennt, dass der Steinerne Tempel der Eingang zum biologischen Garten der Verlorenen Chancen ist. Bezahlen und eintreten. Er fühlt einen Anfall von Traurigkeit, der ihm den Atem raubt, ein ergreifender, zehrender Kummer. Dieser Gram kann töten. Hier beginnt er das Wertesystem zu verstehen.

Er erinnert sich an das rosafarbene Schweinewesen, das in passiver Schwäche verloren war, an der Wand hoffnungslos in sich zusammengesackt, und an den schwarzen Affenartigen drüben an der anderen Wand neben dem Eingang, sehr still und sehr schwarz, eine glühende Schwärze. Und an den sanften, seit zweitausend Jahren ausgestorbenen Reh-Lemuren, an den Geist, der sein Strohlager mit ihm teilt. Er bahnt sich seinen Weg durch das Wurzelwerk, das vom archaischen Torbogen herunterhängt. Irgendwie taucht das schwarze Affenwesen direkt vor ihm auf, und er schaut ihm in die durch und durch schwarzen Augen. Es singt ein schwarzes Lied, eine schräge Melodie aus Schwärze, die zu rein ist, um in der Zeit zu überleben. Nur der Kompromiss überlebt; das ist der Grund, weshalb Homo sap so eine verworrene, hässliche Kreatur ist, die anfechtbar und hysterisch eine Position verteidigt, von der sie weiß, dass sie hoffnungslos verfahren ist.

Mission bewegt sich durch einen schwarzen Tunnel, der sich zu einer Reihe von Dioramen hin öffnet: Der letzte Reh-Lemur wird vom Pfeil eines Jägers durchbohrt. Wandertauben regnen zu den Gewehrfeuersalven aus den Bäumen und landen auf den Tellern fetter Bankiers und Politiker mit goldenen Uhrketten und Goldfüllungen in den Zähnen. Die Menschen rülpsen die letzte Wandertaube aus. Der letzte tasmanische Wolf humpelt durch blaues Zwielicht, ein Bein von der Kugel eines Jägers zertrümmert. Und mit ihm humpeln all diejenigen, die es beinahe geschafft hätten; alle jene, die hätten sein können, die eine Chance von eins zu einer Milliarde hatten – und verloren haben.

Beobachte den beobachteten Beobachter.

* * *

Wenn wir den Planeten als Organismus betrachten, wird offensichtlich, wer die Feinde des Planeten sind. Ihr Name ist Legion. Sie dominieren und bevölkern den Planeten. „Die Betrogenen und Betrüger, die selbst betrogen werden." Hat Homo sap gemeint, andere Tiere seien nur für ihn zum *Essen* da? Offenbar. Bulldozer zerstören den Regenwald, die kauernden Lemuren und Flughunde[4], den singenden Kloss-Gibbon (Hylobates klossii), der die schönste und vielfältigste Musik von allen Landtieren erzeugt, und die gleitenden

Colugo-Lemuren, die auf dem Boden hilflos sind.[5] Sie alle verschwinden, um Platz zu machen für immer mehr abgewertetes menschliches Stückvieh mit immer weniger wildem Lebensfunken, jener unbezahlbaren Zutat – Energie zu Materie. Eine gewaltige Schlammlawine aus seelenlosem Matsch.

— Teil 2 —

Unheil war im Verzug. Mission spürte das. Ein eingeborener Informant, auf den er sich früher immer verlassen konnte, hatte ihm berichtet, dass sich ein gemeinsames französisch-englisches Expeditionskorps auf den Weg gemacht hatte, um seine freie Piratensiedlung Libertatia an der Westküste von Madagaskar anzugreifen. Da er eine Seeschlacht in vertrauten Gewässern dem Versuch vorzog, sich an Land in vier Richtungen gleichzeitig zu verteidigen, machte er sich daran, drei Schiffe entsprechend auszurüsten. Bevor er lossegelte, ging er noch einmal zum Eingang des Museums der Verlorenen Arten.

—

Am Morgen hatte sich Geist an ihn geschmiegt und flehentlich gemaunzt. *Er weiß, dass ich ihn verlasse.* Mission ging schnell weg und drehte sich dann noch einmal um: Geist war immer noch da und schaute ihm hinterher und wartete.

—

Als nach drei Tagen auf See noch immer kein Anzeichen eines Expeditionskorps auszumachen war und kein Mitglied der eingeborenen Crew eine Antwort auf seine Frage wusste, wurde

Mission klar, dass die Story von der drohenden Belagerung nur ein Trick gewesen war, um ihn von der Siedlung wegzulocken. Also drehte er um. Wegen heftigen Gegenwinds kam er jedoch erst acht Tage später wieder in Libertatia an.

Er sah bereits im Hafen, dass die Siedlung nur noch eine ausgebrannte Ruine war, von der außer dem Geruch von Asche und Tod nichts mehr übrig war. Mission machte sich mit einer wahnsinnigen Furcht im Magen auf den Weg ins Landesinnere, vorbei am Blutbad und durch den Dschungel zum alten Gemäuer.

—

Der Torbogen wurde von einem Geschoss zertrümmert, die ausgerissenen Wurzeln, gebrochenen Händen gleich, haben Steine und Schutt verschüttet. Mission vernimmt ein leises, zirpendes Weinen: Geist ist unter einem schweren Stein begraben. Er stemmt den Stein zur Seite und nimmt den sterbenden Lemuren in seine Arme; er weiß, dass Geist auf ihn gewartet hat. Der Lemur legt langsam und mit einem traurigen, schwachen Schrei eine Pfote auf sein Gesicht. Die Pfote fällt kraftlos herunter. Mission weiß, dass die Chance, die einem nur einmal in einhundertsechzig Millionen Jahren widerfährt, nun für immer verspielt wurde.

Der Eingang ... ein alter verschwommener Film ... körniges Schießpulver ... eine klägliche Pfote auf seinem Gesicht ... Er weiß, dass er einhundertsechzig Millionen Jahre entfernt ist ... ausgerissene Wurzeln, gebrochenen Hände gleich ... ein trauriger, schwacher Schrei.

Dieser Kummer kann töten, aber Captain Mission ist ein Soldat. Er wird sich dem Feind nicht ergeben. Durch eine qualvolle Umkehrung verwandelt er seinen Gram in Verwünschung.

* * *

Man beachte: Das Gewölbe enthält auch alle ausgestorbenen Krankheiten; die sieben Plagen Ägyptens, die Haare, die Stiche, die Schweißausbrüche, alle in der Gussform des Menschen angelegt. Wenn die Form zerbricht, werden die Plagen aller Zeiten freigesetzt.

* * *

Mission verwandelt den Kummer in eine weiß glühende Flamme des Hasses und belegt die Aufsichtsräte und Martins dieser Erde und all ihre Diener, Leichtgläubigen und Gefolgschaften mit einem Fluch:

„Möge das Blut Christi über sie kommen!“

Christus ist von seinem vierzigtägigen Fasten in der Wüste zurückgekehrt, nachdem er allen Schmeicheleien Satans widerstanden hat.

Er steht in der Werkstatt seines Vaters. Dieser Raum und die Dinge in ihm wirken so wenig vertraut auf ihn, dass er überhaupt nicht das Gefühl hat, zurückgekommen zu sein. Hat er wirklich jemals diese Äxte, Sägen, Hämmer benützt, um Stühle, Tische und Wandschränkchen zu zimmern?

Im Schraubstock steckt ein Stück unbearbeiteten Holzes. Er nimmt die Krummaxt. Er weiß, dass man mit diesem Werkzeug das Holz glättet und formt. Einen kurzen Augenblick noch spürt er die Vibrationen des Werkzeugs in der Hand, die wie Spuren eines Traums verklingen und ein totes Gewicht zwischen seinen Fingern zurücklassen. Er legt eine Hand auf das Holz und holt mit der andern zum Axthieb aus, um einen hervorstehenden Astknoten zu treffen.

Die Axt rutscht vom Astknoten ab und verletzt seine linke Hand zwischen Daumen und Zeigefinger. Es ist ein tiefer Schnitt, aber er verspürt kaum Schmerz, als wäre seine Hand selbst aus Holz. Er betrachtet seine Hand und kann es kaum glauben: Das Blut, das aus dem Schnitt sickert, ist nicht rot, sondern von einem blassen Gelbgrün, das nach ammoniakalischer Fäulnis stinkt wie ab-

gestandener Urin, der Gestank des Aufenthalts eines Menschen auf Erden. Wo das Blut aufs Holz getropft ist, frisst es sich hinein wie Säure und bildet dabei die Umrisse eines bösartigen Affengesichts, eingeätzt mit Hass, Verderbtheit und Verzweiflung.

Mit den Fingern seiner rechten Hand berührt er die Wunde, die sich unter seiner Berührung zusammenzieht und verheilt. Nicht einmal eine Narbe bleibt zurück.

UND EIN MANN mit einem kranken Affen auf dem Arm kam zu Mir und sagte: „Heile meinen Affen.“

„Ich kann keine Tiere heilen, sie haben keine Seele.“

„Sie verfügen über Anmut und Schönheit und Unschuld. Was sind die Leute, die Du heilst, anderes als Tiere? Tiere ohne Anmut. Hässliche Tiere, deformiert und verseucht vom Hass, der ihre Krankheit ausgelöst hat …“ Er hätschelte seinen kranken Affen und wandte sich ab. Dann schaute er sich um und sagte: „Geh und heile Deine Aussätzigen. Und Deine stinkenden Bettler. Heile, bis Du nichts mehr hast, mit dem Du heilen kannst.“

Und siehe, es kamen andere mit kranken Katzen und Frettchen. Und einer kam mit einem kran-

ken Kind. „Dieses Kind hat das zweite Gesicht. Es kann lesen, was andere in ihren Gedanken hegen. Es kann mit den Winden reden und mit dem Regen und mit den Bäumen und Flüssen. Heile es."

„Ich kann es nicht heilen, denn es kennet nicht Mich, und es kennet nicht Ihn, der Mich gesandt hat."

„Dann bist Du mir gleichgültig, ebenso wie derjenige, der Dich gesandt hat. Denn Er hat Dich gesandt, um Menschen zu weniger zu machen, als sie sind, nicht zu mehr. Er hat Dich gesandt, um Sklaven zu machen, nicht freie Menschen. Er hat Dich gesandt, um unsere Augen zu blenden und unsere Ohren zu täuschen."

DA IST EINFACH so viel Energie, und jedes Mal, wenn Ich sie einsetze, bleibt so viel weniger davon übrig. Eine Frau schlich sich heran und berührte Mein Gewand, und Ich sagte: „Meine Wirksamkeit hat Mich verlassen." Ich spürte, wie sie dahinschwand. Sie hat eine Farbe, und ihre Farbe ist Blau, ein Blau, tiefer als das Meer und intensiver als der Himmel. Ich werde alles aufbrauchen, und dann wird es nichts mehr davon geben, nie wieder. Heute kam ein Mann zu Mir. Er sagte, er sei ein Maler, und sein Augenlicht ließe ihn im Stich. „Ich bitte nicht um Heilung um meiner selbst willen, sondern um der Gabe willen, die ich besitze. Ich sehe hinter die Gesichter und hinter die

Hügel und Bäume und das Meer. Ich sehe, was niemand sonst sehen kann, und ich male, was ich sehe."

Ich sagte ihm, Ich könne ihn nicht heilen, denn er habe keinen Glauben. Er lachte, ein hartes, raspelndes Geräusch wie von einer Feile, die Bronze schneidet, und sagte: „Die Leute, die Du heilst, sind es nicht wert, dass man sie heilt. Heilst Du sie deswegen?"

„Es ist ihr Glaube, der sie heilt."

„Das ist eine Lüge. Ich habe ein Bild von Dir gemalt. Es ist das Bild einer Lüge." Er hielt Mir das Bild vors Gesicht. Es war auf einem kleinen quadratischen Stück Hartholz gemalt, und die Farben folgten der Maserung des Holzes, als hätte das Holz selbst das Bild gemalt.

Ich war überrascht, denn Ich hatte dieses Gesicht schon früher gesehen, es war an der Stelle ins Holz gefräst, wo Mein Blut darauf getropft war, als ich Mich geschnitten hatte. Und da ward eine Finsternis vor Meinen Augen. Und als das Dunkel wich, war der Mann verschwunden.

—

SEEFAHRER, DIE ENTLANG der toskanischen Küste segelten, hörten eine laute Stimme, die mit der absoluten Gewissheit von Worten sprach, wie man sie nie wieder hören wird.

„Der große Gott Pan ist tot."

Dies geschah am 25. Dezember im Jahre null nach Christus.

* * *

Für Wunder muss bezahlt werden. Mit Leben, Schönheit, Jugend, Unschuld, Freude und Hoffnung ... in den flüchtigen Augenblicken bezahlt werden. Die magischen Momente ... Kleine graue Männer spielen in der Morgendämmerung in seinem Blockhaus, ein kleines grünes Rentier schwebt in einer grünen Lichtung, das Licht des Malers berührt eine rote Geranie in einem Fenster in Paris, fängt eine weiße Katze vor einer roten Mauer in Marrakesch ein ...

Wie viel von dieser kostbaren Währung lieh sich Christus auf Kosten der menschlichen Zukunft aus, um einen lausigen, schwachsinnigen Aussätzigen zu heilen, einen stinkenden, geifernden, schielenden, hasenschartigen Bettler? Hat Christus jemals einen Menschen auserwählt, der es verdiente, geheilt zu werden, weil er über eine besondere Begabung verfügte, über ein Talent, das es nur einmal unter einer Million gab? Niemals. Christus ging es um Quantität, nicht um Qualität. Von seinem Standpunkt aus macht es keinen Unterschied, wen man heilt. Es geht darum, ein Monopol zu etablieren, *sodass keine weiteren Wunder mehr geschehen können.*

Deshalb machte sich Christus daran, das Rohmaterial für Wunder zu zerstören ... Seelen, Geister, Djoun, Prana, die Kraft, die jedes Lebewesen animiert ... spontan, unvorhersagbar, lebendig. Doch was bedeutet Panik? Die Erkenntnis, dass alles lebt.

Der große Gott Pan ist tot.

* * *

So wie marokkanische Magier ihre Exkremente essen, um sich von anderen Menschen zu unterscheiden, besaß Christus Macht durch die alte Verderbnis eines anderen Blutes. Es stellt sich die Frage: Hat Christus tatsächlich die Wunder gewirkt, die man ihm zuschreibt? Ich vermute, dass er gewiss einige dieser Skandale auslöste. Buddhisten halten Wunder und Wunderheilungen für fragwürdig, wenn nicht gar für tadelnswert. Wer Wunder wirkt, stört die natürliche Ordnung, was unkalkulierbare, weit reichende Folgen hat, und bezieht seine Motivation häufig aus dem Drang zur Selbstglorifizierung.

Selbst wenn wir annehmen können, dass Christus Wunder gewirkt hat, war das, was er getan hat, nicht wirklich bemerkenswert. Jeder einigermaßen kompetente Magier kann heilen (manchmal jedenfalls – man kann nicht immer gewinnen) und Teufel austreiben, vor allem dann, wenn er sie vorher selbst herbeigerufen hat. Viele Praktiker wenden Wetterzauber an. Einige wenige vermögen Tote zu erwecken.

Der Auftrag von Christus bestand darin, zu demonstrieren, dass solche Dinge nur einmal und nur durch einen geschehen konnten oder von dessen anerkanntem Stellvertreter. Seine Mission war eine Lüge. Christus hat ein Wundermonopol errichtet und ein Monopol für das Medium des Staunens.

* * *

Die Lehre von Jesus Christus liest sich wie biologischer Selbstmord. Soll das Reh den Leoparden aufsuchen und seine Kehle dessen Fängen anbieten? Sollen sich Fische selbst auf Haken aufspießen und in Fangnetze springen? Keine Tierart könnte überleben, wenn sie ihren Feind aufsuchen und lieben würde. Das ist Wahnsinn, verkleidet als praktischer Ratschlag, auf einem körperlichen Level. Auf dem psychischen Level kann man einen Feind in einen Freund verwandeln, wenn man ihm nahe genug kommen kann – oder man kann ihn durch die Gegenwart des Fremdartigen töten. Ein weiser alter Magier sagte mir einst: „Ich habe keine Feinde, ich verwandle sie alle in Freunde." Er war der tödlichste Praktiker, der mir je begegnet ist.

Die Lehre von Jesus Christus ergibt einen Sinn auf dem Virus-Level. Was stellt dein Virus mit Feinden an? Es verwandelt Feinde in sich selbst. Wenn er es sich noch nicht von der einen Wange eingefangen hat, halte ihm auch die andere Wange hin. Es gibt nur wenige Dinge, die schwieriger sind, als seine Feinde zu lieben. Deshalb wird jeder, der das beherrscht, viel Macht gewinnen. Die Feinde zu lieben ist eine unmenschliche Praxis, die den Praktiker weit über den menschlichen Level stellt – oder weit darunter.

* * *

Christus nannte sich Menschensohn. Ich behaupte, Christus war die Gussform des Menschen. Das ist nicht korrekt; er stammte vielmehr von der Gussform des Menschen ab und war der Sohn dieser Form. Alle Arten stammen von einer Gussform ab. Es gibt Formen für Katzen, Rotwild, Schlangen, Hundertfüßler, Primaten. Wenn die Gussform zerstört wird oder ausstirbt, ist die Art erloschen.

Das unverzeihliche Wissen: Der Schöpfer kann nichts mehr erschaffen (falls Er das überhaupt je konnte). Er kann lediglich die Schöpfungen Seiner sterblichen Diener manipulieren. Während vertraute Objekte im Licht der Dämmerung zum Vorschein kommen, dämmert Ihm langsam, dass das Hauptquartier Ihn schon lange abgeschrieben hat.

Sein Führungsoffizier erzählte ihm einmal in trunkener Vertraulichkeit, dass es zu den schmerzhaftesten Aufgaben eines Führungsoffiziers gehört, einen seiner eigenen Agenten kaltzustellen. Wenn dabei ein Experte am Werk ist, beginnt der Agent selbst am Sinn seiner Mission und schließlich an seinem Verstand zu zweifeln. Hört er Stimmen? Er spürt, wie sich das Verderben aufbaut wie ein dicker gelber Nebel, und er spürt die Furcht, wenn sein Auftrag zerbröckelt wie Altholz auf dem Waldboden.

Er beginnt zu zweifeln, dass ihn überhaupt jemand ausgesandt hat, dass es jenseits der Einflüsterungen seines gestörten Gehirns einen Auftrag oder Zweck gab. War da überhaupt ein Vater, der ihn gesandt hat und in seinem Geist mit einer anderen Stimme zu ihm sprach? Er hat Verrückte gesehen, die auf der Straße ihre Botschaften ausrufen und dabei von Hunden gebissen und von Kindern mit Steinen beworfen werden. Ist er nicht auch bloß ein Irrer, der sich verzweifelt an eine absolute Gewissheit klammert, obwohl seine Wahrheit genauso vergänglich wie ein Windhauch ist? Der Agent ehrenhalber eines Planeten, der zuletzt vor Lichtjahren aufflackerte …

Am Kreuz muss Christus gemerkt haben, dass das Ganze ein abgekartetes Spiel war. Ohne die Kreuzigung wäre der ganze Deal so abgestanden wie das Bier von letzter Nacht. Seine endgültige Mission war also, mithilfe eines potenten Symbols Abermillionen menschlicher Wesen dazu zu bringen, einer erdrückenden Lüge aufzusitzen. Denn tatsächlich hat jeder Mensch das *Potenzial*, zu heilen und das Wetter zu beeinflussen.

Und die Rationalisten, die seine Lehren ablehnen, spielen die wichtigste Rolle, wenn es darum geht, die Lüge am Leben zu erhalten. In die Kluft zwischen Gläubigen und Ungläubigen passt nur eine Rasierklinge – auf beiden Seiten der Klinge: der Abgrund vorsätzlicher Ignoranz. Keiner ist so blind wie derjenige, der partout nicht sehen will.

Von Brion Gysin stammt die nukleare Sandmännchengeschichte für alle Lebenslagen: Vor einigen Billionen Jahren schnippte ein schlampiger, schmutziger Riese Schmalz von seinen Fingern. Eines dieser Schmalzkügelchen auf dem Weg zum Boden ist unser Universum.

Platsch.

Nach Captain Missions Tod schützten die Sieben Wächter den verschlossenen Eingang zu seinem selbst gewählten Aufenthaltsort und den versengten Baum davor. Die Wächter waren keine Mitglieder eines erblichen Ordens. Starb einer der Wächter, suchten die anderen einen Ersatzmann, den sie an bestimmten Zeichen erkannten. Manchmal fiel die Wahl auf ein Kind oder hin und wieder auf einen Jugendlichen oder Erwachsenen. Einige der Auserwählten waren sogar schon ziemlich alt. Da es stets nur sieben Wächter gleichzeitig gab, konnte der Orden ein hohes Maß an Verschwiegenheit kultivieren.

Das Land um den Baum und den Eingang herum gehörte natürlich den Wächtern, und sie verfügten über Mittel und Wege, um potenzielle Störenfriede zu entmutigen. Aus Gründen, die sie sich selbst nie ganz klar machen konnten, mieden potenzielle Störer den Ort ganz intuitiv. Es war einfach eine Stelle, die man schnellstmöglich vergessen musste. Deshalb wusste niemand in der Gegend, wo genau sich die verbotene Zone überhaupt befand.

Das Direktorium wusste zwar von den Wächtern, hatte aber keine hohe Meinung von ihnen. Man war überzeugt, dass Martin den Eingang erfolgreich blockiert hatte, falls es da überhaupt einen Eingang gab. Man sandte jedoch

Agenten aus, die die Wächter eliminieren und vom Land Besitz ergreifen sollten. Drei Wächter entkamen, und die Agenten fanden von einem Eingang nicht die geringste Spur.

Das Direktorium hatte in der Tat das Interesse am so genannten Museum der Verlorenen Arten verloren. Einige Mitglieder vermuteten sogar, das Museum sei bloß ein Hirngespinst des drogenvernebelten Captain Mission gewesen. Auf jeden Fall gab es dringendere Angelegenheiten: internationale Abweichung in einem noch nie da gewesenen Ausmaß. Die Computer des Direktoriums schätzten, dass das Abweichlertum in den nächsten fünfzig bis einhundert Jahren zur akuten Bedrohung werden würde. So weit mussten sie mindestens im Voraus denken.

Um ihre Mündel von den Problemen der Überbevölkerung, der Erschöpfung der Ressourcen, der Abholzung der Wälder, von der pandemischen Verschmutzung von Wasser, Land und Himmel abzulenken, zettelten sie einen Krieg gegen Drogen an. Das lieferte den Vorwand für den Aufbau eines internationalen Polizeiapparats, der dazu diente, abweichende Meinungen auf internationalem Level zu unterdrücken. Dieser internationale Apparat wurde ANA genannt: Anti-Narcotics Association. Im Arabischen bedeutet *ana* „ich“, englisch: „I“. So lässt sich ANA auch als „Eye“ (Auge) verstehen.

„EIN SPINNER.“

„Ja, aber … es gibt viele, die jetzt durch Eye sehen.“

Das Aufsichtsratsmitglied aus Texas schaut von seinem Kreuzworträtsel hoch.

„Warum sollten wir uns Sorgen machen? Wir haben die Mehrheit der Schwachsinnigen hinter uns.“

„Es ist keine Mehrheit.“

„Wer braucht schon eine Mehrheit? Zehn Prozent plus Polizei und Militär sind alles, was je nötig war. Außerdem haben wir die Medien fest an der Angel, mit Haken, Schnur und Blinker. Hat schon mal eins der Massenblätter auch nur angedeutet, dass der Krieg gegen Drogen eine obsessive Hexenjagd, ein einziger Popanz ist? Hat schon mal jemand gefragt, warum man nicht mehr Geld in Forschung und Behandlung investiert? Haben sich schon irgendwelche investigativen Journalisten für die Geldwäscherei in Malaysia interessiert? Oder für die Offshore-Bankkonten des malaysischen Ministerpräsidenten Mahathir bin Mohammed? Gibt es irgendjemanden, der

darauf hinweist, dass die Dealer, die man in Malaysia hängt, nicht gerade das sind, was man unter Strippenziehern versteht? Es gibt kein Limit für das, was die Medien schlucken und dann in ihrer redaktionellen Berichterstattung wieder ausspucken. Wo liegt also das Problem?"

„Aber kappen wir nicht unsere eigenen Versorgungswege?"

„Nein, wir verstärken nur den Druck und eliminieren die kleinen Wettbewerber."

* * *

Wie William von Raab von der amerikanischen Zollbehörde sagte: „Dies ist ein Krieg, und jeder, der auch bloß eine tolerante Haltung gegenüber dem Drogenkonsum einnimmt, sollte als Verräter angesehen werden."

* * *

„Aber wenn wir alle Süchtigen erschießen …"

„Das werden wir nicht tun. Nur so viele, dass es die Preise wieder in die Höhe treibt. Es wird natürlich auch Zeiten geben, wo wir die Sache eher lässig angehen." Damit wie aus heiterem Himmel alles Geld auf diesem mit Geld aufgebauten Planeten nicht mehr wert ist als eine Rolle Klopapier.

Und der Geist von Captain Mission lacht sich kaputt: „Na? Werdet ihr ein neues biologisches Mittel testen?"

— Teil 3 —

Es war ein klarer Tag auf Madagaskar, wie geschaffen zum Brandroden, ein frischer Wind blies den Hohlweg hinauf zu einem Ausläufer des Regenwalds. Eine Gruppe von Hirten schickte sich an, „einen grünen Happen", wie sie es nennen, für ihre wertlosen Zebus zu beschaffen, eine kleine schwarze, buckelige Rinderrasse, welche die Einheimischen verehrten und in irgendwelche idiotischen Bestattungspraktiken einbezogen.

Ein riesiger bauchiger Baum, dessen Wurzeln die Erde umarmten wie eine beschützende Mutter ihr Kind, brach plötzlich in Flammen aus, und es gab eine laute Explosion, die Steine und Dreck in die Luft schleuderte. (Die Explosion wurde durch ein Pulverfass ausgelöst, das Martin zurückgelassen hatte und das nicht detoniert war, als die Sprengladung den Eingang zum Museum der Verlorenen Arten versiegelt hatte.)

Die Hirten wichen zurück, um ihre Köpfe zu schützen. Verletzt wurde niemand. Nach langem Hin und Her kamen sie überein, dass derjenige, der den Baum hatte sprengen wollen, unvorsichtigerweise etwas Dynamit zurückgelassen hatte.

Sifka Babirbutu war ein ziemlich bedeutender Mann, denn er besaß die größte Zebuherde im Distrikt. Als er in sein zweistöckiges Haus zurückkehrte, hatte seine Frau bereits ein warmes Bad für ihn gerichtet. Nach dem Baden wählte er seine feinste zeremonielle Robe aus, anstatt wie gewöhnlich Leinenhosen und Hemd anzuziehen.

Seine Frau schaute ihn mit kalter Missbilligung an.

„Bist du betrunken oder was? Wo findet denn heute eine Beerdigungsfeier statt?"

„Die Beerdigung der gesamten Menschheit steht bevor, falls man mir nicht folgt. Nichts kann die Welt mehr retten außer die Opferung eines jeden Zebus auf Madagaskar."

Seine Frau registrierte ein seltsames Glühen um seinen Kopf, und seine Stimme kam ihr merkwürdig vor, wie sie dem Mann vom Seuchenbekämpfungszentrum später mitteilte: „Seine Stimme ging mir durch und durch. Irgendwann stieß er einen lauten Schrei aus, dass mir die Haare zu Berge standen wie die Stacheln eines Tenrek, und dann fiel er tot um, als hätte ihn der Blitz getroffen."[6]

Die Opfer der Seuche, mit der sich Sifka Babirbutu angesteckt hatte, wiesen gemäß späteren Autopsien alle eine gemeinsame Abnormität auf: Ihre Venen waren nicht mit Blut gefüllt, sondern mit einem gelbgrünen Götterblut oder eitrigem Sekret, das einen scheußlichen Geruch verströmte. Die Seuche breitete sich mit rasender Ge-

schwindigkeit auf das afrikanische Festland und von dort nach Europa und Afrika aus.

Im ersten Stadium hatten die Opfer bizarre Halluzinationen und waren überzeugt, dass sie über Wunderkräfte verfügten, und stürzten sich auf jeden, der in irgendeiner Weise krank oder verkrüppelt war, um ihm ihre Hand aufzulegen. Die Befallenen waren vor allem für die Krankenhäuser eine große Belastung, da sie die Operations- und Kreißsäle stürmten. Dieses Stadium dauerte einige Stunden bis einige Tage an.

Darauf folgte eine gewalttätige Phase, in der das Opfer jedermann des Verrats am Menschensohn bezichtigte. Und einige wurden in ihrem fanatischen Wahn dazu getrieben, verhängnisvolle Blitze aus schrecklichen, zuhause fix zusammengebastelten Flammenwerfern oder aus bizarren elektrischen Geräten zu schleudern oder von Schwertern und Äxten blutigen Gebrauch zu machen. Das Endstadium war gekennzeichnet von Kummer, Apathie und Tod.

* * *

Wie jeder gebildete Mediziner weiß, ist die Ausbreitung einer Seuche gemäß den klassischen Symptomen eher die Ausnahme denn die Regel. Jede x-beliebige Kombination der zu erwartenden Symptome lässt sich beobachten oder jedes beliebige Fehlen derselben. Manchmal ist das erste Symptom der Christus-Krankheit der Tod. In anderen Fällen verläuft die Krankheit schleichend, wenn es Faktoren betrifft, die das innere Gleichgewicht des Körpers stören, und es kann Wochen oder gar Monate dauern, bis sich die Symptome zeigen. In Fällen, wo die göttliche Bestimmung dem Patienten einen gewissen Spielraum lässt, kann die Seuche so lange unentdeckt bleiben, bis ein krasses Pflichtversäumnis aufgetreten ist.

* * *

Der ehrwürdige Chirurg kippt den Patienten in einem plötzlichen Anfall von Gewalttätigkeit vom Operationstisch:

„Nimm dein Bündel und wandle. Typen wie dich brauche ich hier nicht. Scheißinvalide!“

Der Pastor opfert mit der Kreissäge ein Menschenkind auf dem Altar und schlürft einen Kelch voll Blut, bevor seine paralysierte Herde eingreifen kann.

Man beobachtete, dass Mitglieder der Polizei und des Militärs mit voller Kraft gleich im gewalttätigen Stadium loslegen, wobei ihr destruktives Potenzial nur durch das häufige Eintreten von Hirnblutungen gebremst wird.

Man schätzt, dass einhundert Millionen Menschen an der Christus-Krankheit starben. Aber die Todesopfer sind nichts im Vergleich mit den Überlebenden.

„Ich bin der Weg. Niemand erblicket den Vater, wenn nicht durch Mich.“

Man stelle sich hunderttausende von Propheten vor, die alle in voller Überzeugung behaupten: *„Ich bin der Weg.“* Die Jünger um sich versammeln und sogar Wunder wirken. Special Effects haben seit Jesus eine gewaltige Entwicklung durchgemacht.

Die Literalisten – oder Lits, wie man sie bald nannte – nahmen Christi Worte besonders wörtlich und setzten sie in eine verheerende Praxis um.

Christus sagt, wenn ein Hundesohn die Hälfte deiner Kleidung an sich nimmt, dann sollst du ihm auch die andere Hälfte geben. Dementsprechend pirschen die Lits auf der Suche nach Ganoven durch die Straßen und ziehen sich splitternackt aus, wenn sie einen treffen. Viele unglückselige Gauner wurden im Getümmel unter Stapeln halb nackter Lits zerquetscht.

Die unerbittlich Vergebenden, eine Unterabteilung der Lits, nehmen jegliche Strapaze auf sich, um einen Feind aufzuspüren und ihm zu verzeihen. Der Mafiapate hat sich auf seinem Ruhesitz auf Long Island verbarrikadiert, um zu verhindern, dass sich ein rivalisierender Pate Eintritt verschafft und in seinen Armen zusammenbricht, um ihm für alles zu vergeben. Kriminelle stürmen die Polizeireviere und strecken die Hände in Erwartung der Handschellen aus. Kein Zweifel, Brüder und Schwestern, Liebe ist die Antwort.

„Lass Liebe rausspritzen wie Zuckersirup aus einem Feuerwehrschlauch. Gib ihm den Kuss des Lebens. Steck deine Zunge in seine Kehle, und koste von dem, was er gegessen hat, segne seine Verdauung, *versickere* in seinen Eingeweiden, und hilf ihm mit seinem Essen. Lass ihn wissen, dass du seinen Mastdarm als Teil des erhabenen Ganzen verehrst. Lass ihn wissen, dass du seine Genitalien in nackter Ehrfurcht als Teil des Göttlichen Plans anerkennst, als Leben in all seiner unermesslichen Vielfalt.

Hadere nicht. Lass deine Liebe in ihn eintreten, und penetriere ihn mit dem Göttlichen Gleitmittel, neben dem sich Vaseline und Lanolin anfühlen wie Sandpapier. Es ist das schleimigste, glitschigste, schmierigste Gleitmittel, das es je gab und jemals geben wird. Amen."

Ist als der Glitschige Geist bekannt, wird dich hemmungslos und bis ins Mark lieben. Manche Typen behaupten jedoch, die Tödlichen Lieb-

haber sind nichts als schändlich verdorbene Vampire; die brauchen einen Pfahl in ’n Arsch, bevor sie uns alle mit ihrer Liebe zu ’ner dicken schmackhaften Suppe verrühren und aufschlürfen. Das nennen sie dann den „Göttlichen Plan“.

—

SOLCHE PRAKTIKEN GINGEN einem akuten Mangel an Feinden voraus, woraus der Professionelle Feind-Service – PFS – resultierte. Nennen Sie uns Ihre genauen Anforderungen, und unsere erfahrenen Feinde werden sich um alles andere kümmern. Sie wollen eine neue Religion gründen? Oder vielleicht eine Sekte? Kein Kult kommt ohne Feindbilder aus. Wo stünde die Christenheit heute ohne die Kreuzigung?

Sie brauchen einen persönlichen Feind? *Einen für Sie ganz allein?* Na gut, verspotten Sie den vollendeten Feind; alles, was Sie verabscheuen, und all das, was Sie hasst; all die kleinen Manierismen, die Details des Dresscodes; alles, was Ihnen gegen den Strich geht. Geben Sie Ihre Wünsche einfach in den Computer ein, und Ihr ganz persönlicher Feind tritt geradewegs aus dem Monitor.

Lieben Sie ihn oder sie, und Ihnen winkt der Heiligenschein.

—

Mit ihrer Afrofrisur aus zischenden Schlangen wirft Medusa eine Frage auf: Ab wann wird ein Heiligenschein zur Erweiterung, und wie weit können solche Erweiterungen reichen? Überall Augen, in deinem Fernseher, deinem Schlafzimmer, deinem Bad … knollige rote Polizistennasen, die nach Gras schnüffeln. Tausende von neugierigen Brüdern riechen dich, hören dich, beobachten dich rund um die Uhr. Ein Mund kann sich aus einem gewundenen rosa Schlauch schlängeln und sich einen Happen vom Teller schnappen oder gar die Gabel eines entsetzten Gourmets; dann zieht er sich wieder zurück und hinterlässt eine Spur von Darmschleim.

Überdies war diese Christus-Krankheit nur eine von vielen Plagen, die bei der schicksalhaften Explosion am verborgenen Tor des Museums der Verlorenen Arten freigesetzt wurden, zu dessen Ausstellungsstücken offensichtlich Viren ebenso gehörten wie Tiere. Sobald sich ein Virusstamm abschwächte oder in den seltenen Fällen, in denen Wissenschaftler schließlich eine Impfung oder sonstige Behandlungsmethode fanden, nahm sofort eine andere Seuche seinen Platz ein. Zurück an den Start, Professor.

* * *

Professor Unruh von Unerhört brachte eine Hypothese in die Diskussion ein, derzufolge alle Seuchen verwandt seien, da sie sich von „einem grundlegenden und scheußlichen Defekt in der Abstammung der Menschheit ableiten lassen. Und so kommt es heim ins Reich. Wat wer brauch'n, is so 'n Anti-Menschen-Serum." Das Serum des guten Professors stellte sich in einem hohen Prozentsatz der Fälle als tödlich heraus und war bei den Überlebenden ziemlich nutzlos, weshalb man von seinem Gebrauch wieder absah.

* * *

Also zurück an den Start. Zurück zum zoologischen und botanischen Garten der ausgestorbenen Arten. Zum Garten der Verschenkten Chancen. Zu den traurigen Straßen des Verlorenen Glücks. Zu Kreaturen, die zum Überleben zu vertrauensselig und zu sanft sind. Ein Lemur hüpft zu einem bestialischen Siedler, der ihn, hässlich knurrend, mit seiner Machete aufschlitzt und verbluten lässt.

„Versucht bloß nicht, mich zu beißen. Scheißviecher."

Erinnern Sie sich noch an die Wandertauben? Die fallen wie Regentropfen aus den Bäumen. Alle, die Sie abknallen, können Sie verkaufen. Und der Preis ist nicht schlecht.

Die Szenerie hat eine niederschmetternde Wirkung. Steil abfallende Berghänge, Schluchten und Täler, die in lichtlose Tiefen hinabführen. Alles ist gleichzeitig präsent, die Tiere, Pflanzen, Insekten, Wirbellosen, Amphibien, Reptilien – alle in ihrem natürlichen Habitat. Eine trügerische Gegend tut sich da auf. Die Gegend der ausgestorbenen Krankheiten. Ausgehungert nach all den Jahren.

Eine Krankheit stirbt normalerweise aus, wenn sie alle zur Verfügung stehenden Wirte getötet hat und nicht rechtzeitig einen neuen finden kann. Die wenigsten dieser hundertprozentig tödlichen, teuflisch eifrigen Durchmarschierer halten lange vor. Sie sollten ihr kleines Verbreitungsgebiet kriegen und dort verharren wie eine Erkältung oder eine Halsentzündung oder eine kleine Warze. Manche verlaufen derart verheerend, dass sie ein ganzes Dorf innerhalb einer Woche auslöschen könnten.

Kriegsglück. Viele gute Heimsuchungen, hungrig und auf dem Sprung.

Zum Beispiel die so genannten Haare: Über Nacht ist der Bart eines Mannes um acht Zentimeter gewachsen, und die Haare breiten sich überall an seinem Körper aus, schwer und üppig; die Wurzeln reichen bis in den Magen und in die

Eingeweide, umschließen die Leber und das Herz. Am Ende wird er aussehen wie ein großes Knäuel aus Haaren.

—

Nick Grenelli ist von Natur aus zottelig, mit schwarzen Haaren auf Brust, Rücken und Schultern. Er muss sich zweimal am Tag rasieren.

Eines Morgens wacht er auf und stellt fest, dass ihm das Haupthaar über die Ohren gewachsen ist und er mindestens einen Viertagebart hat. Auch die Haare auf seinem Körper und seinen Armen sind eindeutig länger geworden, und auf der Haut spürt er ein Prickeln, als ob er das Wachstum der Haare fühlen könnte. Ziemlich erschüttert rasiert er sich und macht sich erst einmal eine Tasse Kaffee.

Als er sich auf die Veranda seines Hauses in Miami setzt, stellt er fest, dass die Haare von seinen Unterarmen und Handgelenken wie ein Film von feinen schwarzen Härchen auf dem Tisch verstreut sind, und stellt mit Entsetzen fest, dass sich diese Haare bewegen und sich wie winzige lebende Fäden, wie kleine schwarze Würmer winden.

„Mein Gott!“, entfährt es ihm, und in diesem Augenblick bläst eine Windbö die Haare über die Mauer um seine Veranda in den blauen Himmel.

Als er am nächsten Tag aufwacht, hat er einen Film aus schwarzem Haar vor den Augen, und wenn er sich im Bett wälzt, fühlt er ein haariges Kissen unter dem Körper. Seine Nase ist mit Haaren verstopft, und Wimpern und Augenbrauen bedecken seine Augen. Mit einem Schrei stürzt er ins Bad: Sein Gesicht ist vollständig überwuchert; große Haarbüschel sprießen aus den Ohren, auf den Handflächen und selbst unter seinen Fußsohlen. Und diese Haare sind lebendig, sie winden und krümmen sich, als hätten sie ein Eigenleben. Die Haare sind durch Wangen und Gaumen in seinen Mund und seine Kehle gewachsen.

—

SUNDOWN SLIM wacht mitten in New York auf einer Matratze auf der Verkehrsinsel auf, die die Houston Street auf Höhe der Bowery teilt. Es sieht aus, als wäre er mit einem Pelzmantel zugedeckt. Während er sich schlaftrunken aufrichtet, stellt er fest, dass der Pelz unter seiner Kleidung ist und nicht an der Außenseite und dass er, von den Knöcheln und vom Nacken aus, aus seiner Hemdöffnung sprießt. Er kämmt sich das Haar aus den Augen.

„Auch gut, wahrscheinlich habe ich Delirium tremens."

Er kramt in seiner Uhrtasche. Ein beruhigendes Knistern; zwei Dollars. Das reicht für einen Liter Sherry. Er kommt torkelnd auf die Beine, schafft es über die Houston und geht die Bowery runter zum nächsten Schnapsladen.

Der Inhaber blickt ihn mit eiskalter Missbilligung an. „Hör mal, heut ist nicht Halloween."

„Häh?"

„Was bist denn du für einer? Ein haariger Affe?"

Slim legt seine zwei Dollar auf den Ladentisch. Aber statt das Geld an sich zu nehmen, starrt der Ladenbesitzer auf den Tresen, auf den Haare von Slims Händen und Handgelenken gefallen sind, Haare, die sich winden und krümmen und Haken schlagen, lange Ranken mit weißen Wurzeln. Der Ladenbesitzer weicht mit einem Ausruf des Ekels zurück.

„Sieh bloß zu, dass du hier rauskommst, und nimm dein Geld mit!"

Verdutzt schlurft Slim raus auf die Straße. Er fühlt überall am Körper ein seltsames Prickeln. Haare sprießen aus seinem Hosenschlitz. Seine Nase ist mit Haaren verstopft. Er kann kaum noch atmen. Die Leute sehen ihn und weichen ihm aus. Die Haare wachsen. Er zieht an seinem Gesicht und Nacken, und die Haare fallen in Büscheln aus und fliegen im kalten Frühlingswind davon.

NICK GRENELLI ruft den Arzt. Der Doktor ist erschüttert, versucht jedoch den Ernst der Lage herunterzuspielen.

„Die Dinger sind lebendig, wenn ich es Ihnen doch sage. Schauen Sie doch!"

Der Arzt weigert sich hinzusehen.

„Wir haben es hier lediglich mit einem Fall von differenzieller Elastizität zu tun. Es handelt sich ganz einfach um ein hormonelles Ungleichgewicht, das mit angemessener hormoneller Unterstützung in den Griff zu bekommen ist. Ich werde Sie als Versuchskaninchen ins Krankenhaus einweisen."

Der Arzt hat zwar schon von anderen Fällen dieser Art gehört, ist sich aber nicht sicher, ob es dafür überhaupt eine Behandlungsmethode gibt. Er erinnert sich an einen Fall, über den er gelesen hat: eine Frau, die von einer plötzlichen Eruption ihres Körperhaars überwuchert wurde. Die Haare wuchsen sogar aus Handflächen und Fußsohlen.

Der Krankenhausarzt schaut sich Nick nur kurz an und schickt ihn sofort in Quarantäne.

—

SLIM BRICHT SCHREIEND am Bordstein zusammen, und während er schreit, wogen die Haare aus seinem Mund und brechen ab. Zwei Polizisten nähern sich, bleiben jedoch stehen.

„Was zum Teufel … Der Mann ist ja völlig mit Haaren überwuchert.“

„Wir rufen besser einen Krankenwagen. Und bleib bloß weg von ihm.“

„Haare, sagten Sie?“ Stimmengemurmel am anderen Ende der Leitung.

„Hören Sie gut zu. Berühren Sie ihn auf keinen Fall, aber behalten Sie ihn im Auge. Wir sind in drei Minuten da.“

Sirenengeheul, der Krankenwagen fährt vor. Männer in Schutzanzügen, mit Atemmasken und Schutzbrillen springen heraus. Sie fassen Slim mit dicken Handschuhen an und bugsieren ihn in den Krankenwagen. Die beiden Cops blicken der davonfahrenden Ambulanz nach und schütteln die Köpfe.

—

Der Inhaber des Spirituosenladens betrachtet die sich windenden Haare auf dem Ladentisch.

„Sehen aus wie irgendwelche Würmer.“

Plötzlich krümmt sich eines der Haare zusammen, schnellt empor und verhakt sich in seinem Daumen.

„Heiliger Strohsack!“ Er zupft das Haar aus, aber eine kleine Wurzel bleibt in der Haut zurück, und er verspürt ein Prickeln, das sich von seinem Daumen aufwärts in den Arm fortsetzt.

—

Doktor Pierce schreckt aus einem Albtraum hoch. Eine riesige behaarte Spinne hat sich auf seinem Gesicht niedergelassen, und er bekommt keine Luft mehr. Zitternd macht er das Licht an und geht ins Bad. Sein Gesicht ist von wimmelnden Haaren mit stachligen Widerhaken an den Enden bedeckt. Das Telefon klingelt. Der Horror hat ihn überwältigt, seine Stimme klingt gedämpft, weil die Haare ihm seine Kehle verstopfen …

„Doktor Pierce?"

„Ja."

„Hier ist Doktor Mayfield. Haben Sie heute einen Patienten eingewiesen? Einen Nicola Grenelli?"

„Ja."

„Wir bekamen gerade einen Anruf aus Atlanta. Sieht so aus, als würde er unter einer neuen Krankheit leiden, und jeder, der mit ihm in Berührung gekommen ist, könnte infiziert worden sein. Ich schlage vor, Sie kommen sobald wie möglich vorbei, damit wir die Sache testen."

* * *

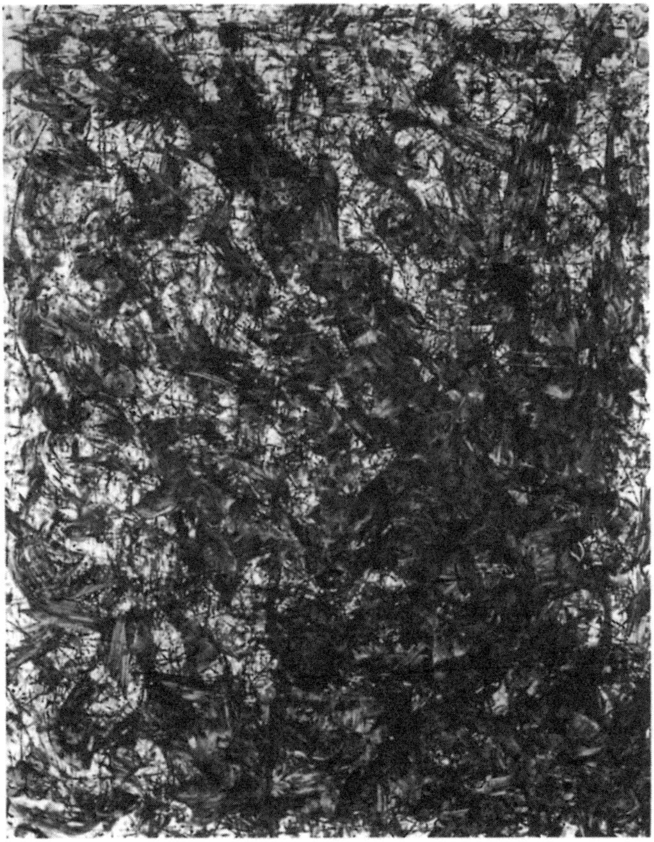

Betrachten wir die Geschichte der Krankheit: Sie ist so alt wie das Leben selbst. Sobald etwas zum Leben erweckt wurde, gibt es schon etwas anderes, das nur darauf wartet, es zu infizieren. Und wenn wir uns in die Rolle des Virus versetzen – würden wir dann nicht genauso handeln? Wie, wann und wo hat Malaria ihren Ursprung?

Es heißt, Aids sei eine simple Variation des Maedi-Visna-Virus, das normalerweise Schafe befällt und immer tödlich endet. (Ach herrje, hat da irgendein Schäfer über die Stränge geschlagen?) Es gibt auch die Hypothese, die Syphilis habe ihren Ursprung darin, dass irgendein Dorfdepp in den Anden ein Lama missbraucht hat.[7]

Und dann die Furcht erregenden Mega-Wucherungen. Ein Organ fängt unkontrolliert zu wachsen an: riesige Gehirne in Zweihundert-Liter-Ölfässern, eine Monsterniere, die sich zur Dialyse einsetzen lässt.

Wenn's Ärscherl brummt, ist's Herz nimmer g'sund.

Die am meisten gefürchtete Mega-Wucherung ist der so genannte Ständer. Nicht etwa ein Tumor, bewahre, sondern ein gigantischer Penis, der immer größer wird. Sein Geruch ist muffig, verrottet, erstickend, wie etwas, das jahrhundertelang unter einer Käseglocke eingeschlossen war.

Der Penis ist schon neunzig Zentimeter lang, und selbst während das Opfer noch zuschaut, bewegt er sich und wächst, während aus den vier Schlitzen an seinem Kopf Gleitmittel tröpfelt. Das Ding pulsiert vor scheußlichem Verlangen:

„Rubbel mich! Rubbel mich! Rubbel mich!“

Es kommt noch schlimmer: Das Opfer hat seine Hände nicht mehr unter Kontrolle, die den Kopf des Penis mit Gleitmittel einreiben. Das Ding ejakuliert sofort, schleudert den Samen an die Zimmerdecke und schüttelt den ausgezehrten Körper des Opfers unter verzehrenden Krämpfen. Er spürt, wie sich Gewebe und Knochen auflösen und in fußballgroße Hodensäcke gesogen werden. In der Endphase ist das Opfer wie ein Insekt auf das Puppenstadium reduziert, als Anhängsel eines riesigen Penis; ihm bleibt nur noch sein Kopf, der mit einem Kranz aus Schamhaar geschmückt ist.

Dann gibt es das auf dem Luftweg übertragene Aids und die gleichermaßen tödliche „Abstoßung“, bei der das Immunsystem die Kontrolle im Körper übernimmt und zunächst die Darmbakterien abstößt, dann die Nahrung und schließlich die Eingeweide selbst, während es ein Organ nach dem anderen abkoppelt. Die dermaßen befallenen Opfer lassen sich an ihren Gesichtern identifizieren, die zur abweisenden Maske erstarrt sind, und an ihrer steifen, ungraziösen Körperhaltung, als seien sie aus Glas. Diese Opfer isolieren sich selbst in behelfsmäßigen Containerbehausungen, Zelten, Plastikdecken, mit mehrschichtigen Masken und Handschuhen – und all das besprühen sie so lange mit irgendwelchen Desinfektionsmitteln, bis sie der Magersucht, dem Wasserentzug und innerer Verstopfung erliegen.

Bei den Folgenden handelt es sich auch um Tierkrankheiten: Anthrax (Milzbrand), Maul- und Klauenseuche, bösartig verlaufende Staupe und andere Viruserkrankungen. Ausgehend von Madagaskar wurde der weltweite Viehbestand nahezu vernichtet. Den Schafen erging es kaum besser, denn sie wurden von einer Spielart des Visna-Virus dezimiert. Schweine und Ziegen schienen resistenter, und Wildtiere waren – aus welchen Gründen auch immer – vergleichsweise immun. Hunde und Katzen starben jedoch zu Millionen, was allerdings nicht weiter tragisch war, da sowieso keine menschlichen Herrchen und Frauchen überlebt hatten, die sie füttern und sich um sie kümmern hätten können.

Zweifelsohne hätte man Heilmittel und Impfungen finden können, wäre die Zahl der Fälle nicht so gravierend hoch gewesen und hätte infolgedessen nicht schlicht und einfach die Zeit selbst für eine minimale Behandlung gefehlt, ganz zu schweigen von der Forschung und – noch entscheidender – vom Mangel an qualifiziertem Personal, das diese Forschung hätte betreiben können. Wissenschaftler, Techniker, Computerprogrammierer, Mathematiker und Theoretiker wurden von einer selektiven Seuche vernichtet, die als Denk-Defekt (oder „Eierkopf") bekannt wurde.

Der Denk-Defekt zeichnet sich durch die Isolierung der Hirnrinde von jeglicher Motivation aus. Was soll also ein Computer tun, wenn es keinen Programmierer gibt, der ihn programmiert? Nichts. Und genau das tun die Opfer des Denk-Defekts, indem sie dieselben Formeln und Theorien gebetsmühlenartig aufsagen, wie eine Schallplatte, bei der die Nadel an einer Stelle hängen bleibt. Unsere Waffe gegen das Virus ist die Immunisierung … Immunisierung … Immunisierung … Waffe Waffe Waffe Virus Virus Virus.

Ohne Motivation … nicht einmal zu den einfachsten Verrichtungen fähig … Anziehen, Essen … räkeln sie sich in ihrem Urin und ihren Exkrementen … müssen mit dem Löffel gefüttert werden … für derartige Hilfestellungen ist allerdings weder Zeit noch Personal vorhanden … kann man zusammen mit den Katatonikern und anderen Endstadien abschreiben … keiner da, der sich um diejenigen kümmert, die sich nicht selbst um sich kümmern können oder wollen …

* * *

Weiter geht's: das Rote Spinnenfieber. Dieses Fieber wird von einer kleinen roten Spinne übertragen, die ungefähr sechs Millimeter lang ist. Hat sie einmal zugebissen, verspürt man innerhalb weniger Sekunden ein intensives brennendes Jucken an der Bissstelle. Das Jucken breitet sich blitzschnell über den ganzen Körper aus, bis der Betroffene seine gesamte Haut als einen einzigen juckenden, brennenden, anschwellenden Ausschlag empfindet. Die Lymphdrüsen in den Achselhöhlen und an der Leiste schwellen an und platzen schließlich auf, während der vor Agonie schreiende Patient wiederholte unfreiwillige Orgasmen erlebt und das hellrote dampfende Fieberexkrement ausstößt, in dem die Spinneneier schon ausgebrütet werden. Die Krankheit befällt sodann die inneren Organe, was zu massiven Blutungen und zum Ersticken aufgrund der Schwellungen in der Kehle und in den Lungen führt. Der Tod tritt in der Regel innerhalb von vierundzwanzig Stunden nach der Infektion ein.

In geografischer Hinsicht ist das Rote Spinnenfieber auf ein kleines Gebiet beschränkt, das ungefähr zehn Meilen lang und eine Meile breit ist. Ganz offensichtlich gibt es in diesem Areal etwas, das für den Lebenszyklus der Spinne unverzichtbar ist. Diese Örtlichkeit, gemeinhin als Redlands bekannt, liefert auch ein Metall, das wie Gold aussieht, aber als elektrischer Leiter weitaus potenter ist als Gold und zudem härter als gehärteter Stahl. Wenn man es mit bestimmten Lösungsmitteln bearbeitet, lässt es sich bearbeiten wie Ton.

Ein sechsmonatiger Arbeitsvertrag in den Redlands – und ein Mann hat für den Rest seines Lebens ausgesorgt. Deshalb finden sich immer wieder Kandidaten. Aber sie müssen die sechs Monate durchhalten, bis sie bezahlt werden. Man muss nicht betonen, dass die Bergarbeiter diverse Abwehr- und Desinfektionsmittel anwenden, um sich gegen die von der Spinne ausgehende Gefahr zu wappnen. Am verlässlichsten ist ein organisches Präparat, das man gewinnt, wenn man goldhaltige Salze mit dem geronnenen Saft eines roten Kaktus mixt, der nur in diesem Gebiet wächst. Obwohl diese Zubereitung, die man sowohl subkutan als auch oral verabreichen kann, ein hohes Suchtpotenzial in sich birgt, reduziert sie das Fieber auf eine kleine Irritation – so wie Opium die Süchtigen gegen die meisten Infektionen der Atemwege immunisiert.

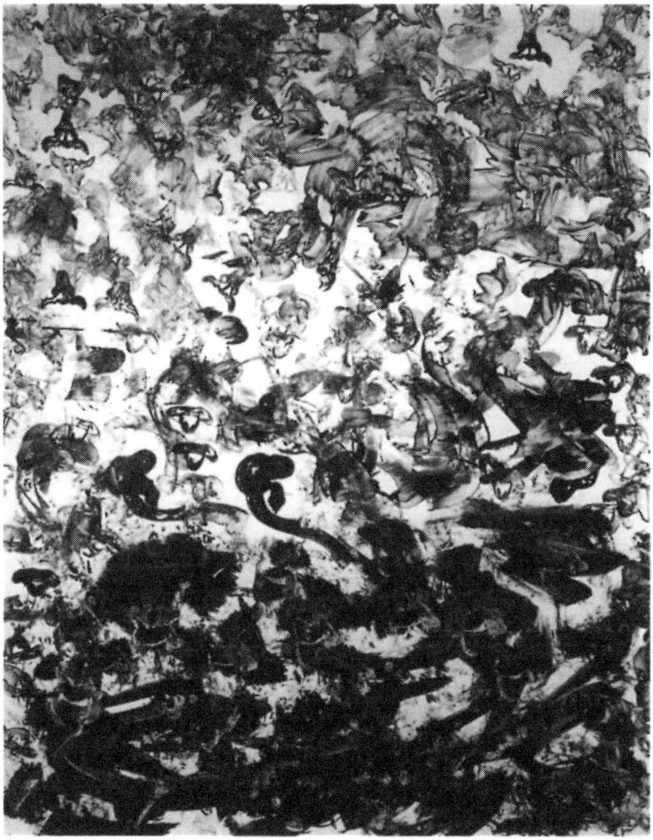

Die Goldies, wie die Konsumenten dieser Arznei bezeichnet werden, lassen sich leicht an einem reflektierenden goldenen Glanz und an ihren tief liegenden, eingefallenen, goldschwarzen, zu runden Knöpfen geschrumpften Augen identifizieren. Ihre Ohren liegen flach am Kopf und versinken irgendwann völlig im Fleisch. Die Entzugserscheinungen sind grauenhaft, da die goldhaltigen Salze die Knochen zersetzt haben, und wenn das Gold entzogen wird, brechen und zerbröseln die Knochen von innen heraus; innerhalb von vierundzwanzig Stunden tritt der Tod ein, während das Opfer in unbeschreiblicher Agonie dahinsiecht. Da viele Bergleute diese Nebenwirkungen kennen, ziehen sie es vor, auf Rituale, Weihrauch und weniger wirkungsvolle chemische Abwehrmittel zu vertrauen.

Man hat wiederholt Anstrengungen zur Ausrottung der Spinne unternommen, aber der steinige Wüstenboden weist genug versteckte Hohlräume auf, wo die Spinnen jedes Pestizidprogramm schadlos überstehen können. Und die Spinnen sind mittlerweile immun gegen viele Mittel, weshalb man alternative Pestizide bereithält, sollte es zu einer befürchteten Massenattacke kommen.

Die Redlander leben in Nischen, die man in den roten Sandstein gehauen hat, und versammeln sich jeden Abend in der Gold Mine Bar. Einige nippen am Gold, andere trinken den Red Copper, einen aphrodisischen Trunk, der einen roten Ausschlag verursacht, der sich mit einer leichten Fieberattacke vergleichen lässt. Red Copper verleiht begrenzte Immunität gegen das Fieber, hilft aber nicht bei mehrfachen Bissen. In der Gold Mine Bar wurde allerdings noch nie jemand gebissen.

—

Und dann, lieber Freund, gibt es besiegte Krankheiten, von denen einige innerhalb weniger *Minuten* zum Tod führen. Gierige Krankheiten lauern in Staub und Stroh, in Dunst und Sumpf und fossilem Gestein. Zu den tödlichsten gehören parasitäre Pflanzen, die sich darauf spezialisiert haben, im menschlichen Fleisch zu wachsen. Die Roots zum Beispiel: Sie wachsen hinunter in die Eingeweide und in die Drüsen und winden sich um die Knochen. Aus den Lenden und Achselhöhlen des Opfers sprießen Reben; seiner Penisspitze entspringen grüne Schösslinge; aus den Nasenlöchern kriechen Ranken, die tödliche Samen produzieren, die durch den Wind verbreitet werden; Dornen reißen ihm die Augen heraus; seine Hoden voller Wurzeln schwellen an, bis sie platzen; sein Schädel wird zum Blumentopf für entzückende Hirnorchideen, die über toten Augen und einem verblödeten Gesicht wachsen, während sich die Haut langsam zu Rinde verfestigt. In einigen Fällen verläuft die Metamorphose vollständig. Der Betroffene verwächst mit dem Erdboden und lernt die exquisite Agonie des belebenden Safts, der Licht absorbierenden Blätter und der Wurzeln kennen, die sich von Wasser, Scheiße und Erde ernähren.

Andere werden von einer Pflanze befallen, die einer Venusfliegenfalle ähnelt. Sie bricht in überall am Körper auftretenden Pusteln aus, um die vom süßen Gummisaft angelockten Insektenschwärme zu verzehren, den sie absondert … fette Maikäfer, Grashüpfer, Raupen, Bienen, Wespen, Hornissen.

* * *

Auf Madagaskar gab es einst eine Menschen fressende Pflanze mit einem knollenförmigen, grün-purpurnen Magen, die gut zweieinhalb Meter hoch wurde und einen Meter Durchmesser erreichte. Aus ihrer Spitze wuchsen Tentakel mit klebrigen Stacheln, mit denen sie ihre Beute ergreifen und festhalten konnte, während der giftige Saft das unglückliche Opfer lähmte.

Ein früher Reisender berichtete, dass die Einheimischen diese Pflanze gleichermaßen fürchteten und verehrten, weil sie ihren Hunger in unwiderstehlicher Weise zu vermitteln verstand. Deshalb entstand der Brauch, dass man dem Gewächs Gefangene opferte. Wenn man der Pflanze einen Gefangenen brachte, drehten und verrenkten sich ihre Tentakel und verströmten, nach den Worten des Beobachters, einen dermaßen abstoßenden Geruch, dass er danach zehn Tage lang nichts essen konnte.

* * *

Die Strassen des Verlorenen Glücks. Der Mensch weiß, dass seine Chance eins zu einer Million steht, die Verbindung zu knüpfen, um das Wesen zu beseelen, das er in seinem Körper trägt. Gelingt es ihm nicht, wird das kleine Wesen in ihm absterben. Dieser Druck macht ihn äußerst unbarmherzig. Alles zum Schutz des Kindes. Er kann ohne die geringsten Skrupel lügen, betrügen und töten. Denn er trägt und bewacht das unter Millionen auserwählte Kind.

Natürlich gab es schon vor dem Menschen Arten, die ausgestorben sind, aber Homo sap, der Totschläger, verpasste der Geschichte einen neuen Dreh. Er hat getötet, um sich zu ernähren, aber auch aus reinem Vergnügen. Mehr noch: Er hat wegen der schieren Hässlichkeit des Dings getötet. Wegen des Dings, das er in sich trägt. Wegen des Hässlichen Geists, der in ihm, dem Homo sap, dem Hässlichen Tier, ein würdiges Gefäß gefunden hat.

Worin unterscheidet sich Homo sap sonst noch von anderen Tieren? Er kann durch Schreiben oder mündliche Überlieferung Information an andere Sap-Menschen außerhalb seines Kontaktgebiets und an zukünftige Generationen weitergeben. Aufgrund dieses Unterscheidungsmerkmals nannte Graf Korzybski den Menschen „ein Tier, das Zeit an sich bindet“, ein Sachverhalt, der sich auf einen Begriff reduzieren lässt: Sprache … die Darstellung eines Objekts oder Prozesses durch Symbole, Zeichen, Töne – also durch etwas anderes. Korzybski begann seine Vorlesungen, indem er auf ein Pult schlug und sagte: „Was immer das hier sein mag, es ist kein Pult oder Tisch.“ Womit er meinte: Das Objekt ist nicht identisch mit der Bezeichnung dafür.[8]

Der Mensch hat seine Seele für Zeit, Sprache, Werkzeuge, Waffen und Vorherrschaft verkauft. Und um zu gewährleisten, dass er nicht aus der Reihe tanzt, haben diese Invasoren seine nichtdominante Hirnhemisphäre mit einer Garnison besetzt. Wie sonst sollte man etwas biologisch derart Unvorteilhaftes wie die schwache linke Hand erklären? Sie gaben mit der einen Hand und nahmen mit der anderen. Fifty-fifty. Was wäre fairer als das? Fast alles.

Daher scheint es, als seien die Faktoren, die den Menschen von anderen Tieren unterscheiden, Sprache und schwache Hand, miteinander verknüpft. Es ist eher unwahrscheinlich, dass die Sprache lediglich zur Informationsübermittlung entstand.

Ein Riss geht durch den menschlichen Organismus, der Riss oder die Kluft zwischen den beiden Hemisphären. Deshalb muss jeder Versuch einer Synthese im menschlichen Sinn undurchführbar bleiben. Ich ziehe eine Parallele zwischen diesem Bruch, der die beiden Seiten des menschlichen Körpers trennt, und dem Grabenbruch, der Madagaskar vom afrikanischen Festland abkoppelte. Die eine Seite dieses Bruchs trieb in verzauberte, zeitlose Unschuld. Die andere bewegte sich unerbittlich in die Richtung von Sprache, Zeit, dem Gebrauch von Werkzeugen und Waffen, von Krieg, Ausbeutung und Sklaverei.

Es sieht so aus, als sei eine Verschmelzung der beiden Seiten nicht beständig, und man ist versucht, mit Brion Gysin zu sagen: *„Radiert dieses Wort aus.“*

Aber vielleicht ist „ausradieren“ das falsche Wort. Die Formel ist recht einfach: Es geht darum, das Magnetfeld so umzupolen, dass sich die beiden Hälften wie gegensätzliche magnetische Pole abstoßen, statt miteinander zu ver-

schmelzen. Dies könnte den Weg zur endgültigen Befreiung ebnen und eine endgültige Lösung des Sprachproblems aufzeigen, von dem alle „Probleme“ des Menschen abstammen.

Wie könnte eine Welt ohne Worte aussehen? Wie Korzybski sagte: „Ich weiß es nicht, mal sehen.“

Nichts kommt teurer, als die Gussformen und Matrizen auszuwechseln, und deshalb wollen die Aufsichtsräte und Syndikate und ihre untergeordneten Politiker, Mafiosi, Drogenhändler, Polizisten, Kirchenvertreter und Medien ebenso wenig von einem besseren menschlichen Produkt wissen wie General Motors von einer neuen Antriebsturbine. Das würde bedeuten, alle existierenden Gussformen bis in alle Ewigkeit zum alten Eisen zu werfen.

Und deshalb bereitet jegliche abweichende Meinung dem Direktorium solche Sorgen: Wenn es sich von seiner üblichen politischen Meinungsäußerung abwendet, *könnte das Abweichlertum die geheiligte Gussform zertrümmern.* Abweichende politische Meinung verwandelt sich häufig in das, gegen das sie sich ursprünglich wandte. Amerika entwickelt sich zum stalinistischen Russland, wird ein Staat der totalen Kontrolle mit null Toleranz auf jedem Level gegenüber abweichenden Meinungen.

Es gab einst eine Periode der zügellosen Kreuzung, aus der die Vielfalt der Arten hervorging, wie wir sie heute kennen. Wir können in der Tat sogar eine Reihe von Übergangsformen beobachten, zum Beispiel das Jaguarundi, das als Katze klassifiziert wird, aber eher wie ein Baumotter aussieht. Aber die Mehrheit der Hybriden überlebte nicht, und diejenigen, die überlebten, entwickelten eine rigide biologische Abwehr gegen jede weitere Hybridisierung.

Was zerstörte die meisten Hybriden, vor allem die wirklich bizarren Modelle? Sie wurden allesamt von einer Serie bösartiger Seuchen attackiert und dahingerafft. Damit Hybridisierung stattfinden kann, muss die Immunabwehr unterdrückt werden. Und genau da fand die Krankheit ihren Angriffspunkt. Die Furcht vor der Krankheit ließ die Überlebenden zu unveränderlichen biologischen Gussformen mutieren.

—

Das Museum der Verlorenen Arten ist nicht wirklich ein Museum, denn alle Arten leben in Dioramen ihrer natürlichen Habitate. Der Eintritt ist frei für jeden, der ihn sich verschaffen kann. Die Währung, mit der man zahlt, ist die Fähigkeit, den Schmerz und die Trauer auszuhalten, während man den Prozess des Aussterbens beobachtet – und dabei die Arten durch den Akt der Beobachtung wieder zum Leben erweckt.

Betrachten wir einige der ausgestorbenen Arten: Lebewesen, die Gras und Fleisch mit gleichem Genuss essen; menschenartige Fledermäuse mit leuchtenden Flügeln; warmblütige Reptilien, die zu säugetierartiger Zuneigung fähig sind (eine schöne grüne Schlange reibt ihren Kopf an meinem Gesicht); Kaltblüter-Aasfresser-Vögel; umhertollende Schildkröten und Eidechsen, die anhänglich wie Welpen sind; eine Kreuzung aus Lemur und Oktopus, die in den Seen und Flüssen von Madagaskar lebt und bei jedem Gefühlswechsel sukzessiv ihre Farbe wechselt.

Oder nehmen wir den humanoiden Albinolemuren mit seinen enorm großen, scheibenförmigen Augen aus perlmuttartigem Silber und seinen riesigen Ohren, die bei jedem Geräusch zittern und vibrieren. Die Augen haben keine Pupillen, ihr Blickfeld gleicht dem Blick durch ein Weitwinkelobjektiv ohne Fokus. Das Wesen ist nicht wehrlos, verfügt es doch über starke Nadelkrallen und scharfe Eckzähne. Wie alle Albinos sind auch diese extrem empfindlich. Im ausgewachsenen Stadium wiegen sie ungefähr fünfzig Pfund und leben auf Bäumen und halb im Wasser. Wie alle

Albinos sind sie natürlich extrem lichtscheu. Am Tag verstecken sie sich in Höhlen oder ziehen sich in Schlupfwinkel unter Uferböschungen zurück.

Ein Pflanzenmensch, der von einem Ort zum anderen wächst und mit einer Girlande aus tödlichen Orchideen und stechenden Reben geschmückt ist; ein elektrischer Aal-Mensch, knapp zwei Meter glatt glänzendes Braun-Purpur mit schlammkühlen grünbraunen Augen: Beide sind Hermaphroditen, die sich selbst befruchten und gebären ... Ein pflanzliches Bewusstsein, das sich durch den Wald bewegt, sich seinen Weg in die Bäume und Reben und Orchideen ertastet und aussieht wie eine grüne Qualle, die in einem grünen Medium treibt ... Ein Hundewesen mit rebenartigem Schwanz und Zähnen aus Dornen ... Intelligente Vögel mit einer leichten, porösen, schwammartigen Konsistenz ... Sie haben große Gehirne, gigantische Augen, winzige Körper und lange, einziehbare Krallen. Sie fressen Früchte und Fische, die sie mit ihrem scharfen Blick aus großer Entfernung erkennen. Ihr Verdauungssystem verarbeitet kein Fell, weshalb sie keine Säuger und keine anderen Vögel jagen.

Das Wurzelvolk, um noch ein Beispiel zu nennen, hat die fundamentalen Nachteile der pflanzlichen Arten umgangen: Es ernährt sich von

Pflanzen und Bäumen und bewegt sich dabei vorsichtig von einem zum anderen, um nicht zu lange an einer Stelle zu verharren. Sie können sich wie Maulwürfe unter der Erde verkriechen und stecken nur ab und zu eine Hand oder den Kopf nach draußen, wenn sie das Wetter oder andere Umstände testen wollen. Wenn sie in einem Wüstengebiet feststecken, bilden sie lange Pfahlwurzeln und kommen eine Zeit lang an die Oberfläche, um Sonnenenergie zu tanken, bevor sie ihre Tunnels anlegen, die sie aus dem Gebiet hinausführen.

Das Grüne Volk hat einen Weg gefunden, um sich mittels Fotosynthese zu ernähren, indem es in ruhigen Wirbeln und Rudeln zusammenkommt. Einige gehen ins Wasser, entwickeln Kiemen und leben von Algen. Einige andere ernähren sich von Gerüchen, die sie durch Poren einatmen, die sie bis zu Zündholzkopfgröße öffnen können. Wieder andere essen Licht und Farbe, sodass ihre Körper schließlich mit dem Licht verschmelzen.

Wie viele an den Seuchen sterben, lässt sich unmöglich beziffern. Denn Hunger, Entkräftung, Gewalt und die alten Genossen Lungenentzündung, Wundstarrkrampf, Ruhr, Cholera, Diphtherie, Typhus, Scharlach, Hepatitis, Tuberkulose, unbehandelte Geschlechtskrankheiten sowie allgemeine Infektionen fordern genauso ihren Tribut wie die so genannten Verrückten Seuchen.

Kriegsherren setzen sich durch. Propheten, die als Überlebende der Christus-Krankheit Anhänger um sich scharen und anderen Propheten – und generell der nicht bekehrten Bevölkerung, „den kleingläubigen Arschlöchern" – den Heiligen Krieg erklären und jeden abmurksen, den sie zu fassen kriegen. Kannibalismus nimmt überhand.

Kreuzzüge gegen die Ungläubigen werden ausgerufen, lassen sich aber nicht umsetzen, weil die westliche Welt in tausende von Fraktionen zersplittert ist, von denen jede in tödlicher Opposition zu den anderen steht. Trotz pandemischer Paranoia kamen jedoch seit 1945 keine Atomwaffen mehr zum Einsatz: Jeder, der dazu in der Lage gewesen wäre, ist bereits vom gedanklichen Overkill dahingerafft worden. Selbst ein Pesthauch kann was Gutes mit sich bringen.

Die forschenden Wissenschaftler lebten in festungsartigen Lagern, bewacht von dem, was von Militär und Polizei übrig blieb. Die Forscher verspürten einen massiven Druck, ihre Ergebnisse zu präsentieren.

„Also dann, Jungs, wir haben nur vierzehn Tage, um ein Serum oder ein Heilmittel gegen die Haare zu entwickeln. Wenn nicht, dann ..."

Wann immer eine solche Frist ablief, wurde in den Laboratorien ein tödliches Gas freigesetzt. Alle Labore waren voneinander abgetrennt und luftdicht verschlossen. Und das war's dann. Ein kleiner Gruß und eine Lektion für die Überlebenden.

Außerhalb der Lager herrschte das totale Chaos, während die Seuchen unkontrolliert wüteten, und Ansprüche auf Recht und Ordnung hatte man sowieso schon längst aufgegeben. Das Land war mit Festungen gespickt, um plündernde Horden von den hungernden Städten fern zu halten.

Und was ist mit dem Direktorium geschehen? Sie haben sich auf ihre Yachten und Inseln und in ihre Bunker zurückgezogen. Ihre auf Bestechung und politischen Kontakten basierende Macht ist beim Teufel.

Die vier Apokalyptischen Reiter suchen Ruinenstädte und verlassene, von Unkraut überwucherte Farmen heim. Das Virus erlischt von selbst, während seine Opfer zu Millionen sterben.

Die Menschen kehren schließlich zu ihrem Ursprung im Geiste zurück, zurück zum kleinen Lemurenvolk der Bäume und Blätter, der Ströme und Felsen und des Himmels. Bald werden alle Zeichen, jedwede Erinnerung an die Kriege und an die Verrückte Seuche wie die Spuren eines schlechten Traums verblassen.

— Nachwort —

Der Vorname des Freidenkers und Piraten Captain Mission, oder auch Misson, ist geschichtlich nicht überliefert. Alles, was wir über Mission wissen, stammt aus dem Buch *A General History of the Most Notorious Pirates,* das 1724 in London verlegt und von einem gewissen Captain Charles Johnson verfasst wurde (obwohl es Meinungen gibt, die das Werk Daniel Defoe zuschreiben). Missions Memoiren, die er von Hand in Französisch verfasst hatte, wurden offenbar von einem Mitglied der Crew gerettet, das Missions letzte Reise überlebte, und nachdem sie durch mehrere Hände gegangen waren, wurden sie von Johnson übersetzt und fanden Aufnahme in sein Werk.[9]

Mission entstammte einer wohlhabenden provenzalischen Familie und studierte im späten siebzehnten Jahrhundert an der Universität von Angers Geisteswissenschaften, Logik und Mathematik. Sein erstes Offizierspatent machte er auf dem französischen Kriegsschiff *Victoire,* das mit dreißig Kanonen bestückt war und von einem entfernten Cousin befehligt wurde. Das Schiff segelte zunächst nach Neapel, und Mission reiste von dort nach Rom, wo er einen jungen Priester namens Caraccioli kennen lernte. Während er seine Beichte ablegte, entdeckte er zu seiner Überraschung, dass der Priester seinen Abscheu gegen die Heuchelei der irdischen Macht, ob weltlich oder kirchlich, teilte. Caraccioli entledigte sich seiner Kutte und heuerte auf der *Victoire* an.

Die Fregatte griff zwei algerische Schiffe an und besiegte sie; Caraccioli wurde dabei am Oberschenkel verletzt. Auch andere Seegefechte gingen erfolgreich aus. Die *Victoire* überquerte den Atlantik und wurde in den Gewässern vor Martinique von der englischen *Winchelsea* aufgebracht, die unter dem Kommando von Captain Opium Jones stand. Die erste Breitseite tötete den Kapitän der *Victoire*, den zweiten Kapitän und drei Offiziere, woraufhin Mission das Kommando übernahm und mit Caraccioli an seiner Seite die Engländer in die Flucht schlug. Die gesamte Mannschaft ernannte Mission zum Kapitän; als ihre Piratenflagge hissten sie eine weiße Fahne, auf die sie „Liberté" geschrieben hatten.

Nach vielen Abenteuern an der afrikanischen Westküste und verstärkt um ein von ihnen gekapertes englisches Schiff samt dessen Crew, half Mission der Königin von Johanna bei ihrem Krieg gegen Mohilla, beides Inseln, die zwischen Mosambik und der großen roten Insel Madagaskar liegen.[10] Zusammen mit seinen Männern brachte er noch ein portugiesisches Schiff auf und beschloss dann, auf Madagaskar sesshaft zu werden. Um das

Jahr 1700 baute Mission in einem abgelegenen Hafen am Nordende der Insel zwei weitläufige, achteckige Forts, und mit seiner Horde von mehreren hundert französischen und englischen Piraten, abtrünnigen Seeleuten und befreiten Sklaven etablierte er die freie Kolonie Libertatia.

Zusammen mit seinem Leutnant Caraccioli und dem bekehrten englischen Piratenkapitän Thomas Tew formulierte Mission eine Charta, nach der die Siedlung in friedlicher Demokratie leben sollte. Diese Artikel gründeten sich auf Ideen, die in bemerkenswerter Weise den Ideen der Französischen und amerikanischen Revolution des späten achtzehnten Jahrhunderts glichen – diese aber um mehr als sechzig Jahre vorwegnahmen. Es sollte keine Todesstrafe geben, keine Sklaverei, kein Gefängnis wegen offener Schulden und keine Einmischung in Religion oder Sexualität. Caraccioli teilte die Männer in Zehnergruppen auf, die er Staaten nannte, ebenso wurden der Posten eines Obersten Konservators eingeführt und eine jährliche Plenarsitzung abgehalten. Das erste Meeting dieser Art dauerte zehn Tage. Dabei wurde Tew zum Admiral ernannt, Caraccioli zum Außenminister, und Mission wurde Seine Exzellenz, der Oberste Konservator.

Auf einer Kreuzfahrt vor der Südspitze von Madagaskar tranken Captain Tew und einige englische Seeleute, die er rekrutiert hatte, am letzten Abend ihrer Reise zu viel Rumpunsch, und die Gezeiten trieben die edle *Victoire* in Untiefen, woraufhin sie in der Nacht an den Felsen zerschellte. Die Crew ging dabei verloren; Tew schlug ein Notlager auf und wartete auf seine Rettung.

Während Captain Tew in seinem einsamen, entfernten Schlupfwinkel wartete, überrannten zwei große Horden von madagassischen Einheimischen im Dunkel der Nacht Libertatia und löschten die Kolonie aus. Caraccioli kam bei dieser Attacke ums Leben, Mission entkam mit nur fünfundvierzig Männern und zwei Schaluppen. Nach einiger Zeit hatte er sich zu Captain Tews entlegenem Hafen durchgeschlagen, und die beiden Männer beschlossen, sich in Amerika zur Ruhe zu setzen, wo man sie beide nicht kannte. In einem gewaltigen Sturm vor Cap Infanta wurde ihre Schaluppe ein Opfer der Wellen.

* * *

Heutzutage sind es die Lemuren von Madagaskar, die vom Aussterben bedroht sind. Als die ersten Menschen vor eintausendfünfhundert Jahren auf der Insel landeten, gab es mehr als vierzig Arten; heute sind nur noch zweiundzwanzig übrig, die alle als bedroht gelten. In einigen Teilen der Insel jagen die Einheimischen langsame Le-

muren wegen ihres Fleisches, obwohl sie in anderen Gegenden per Dekret geschützt sind. Die menschliche Bevölkerung wächst schnell und dürfte bis zum Jahr 2000 zwölf Millionen erreicht haben.[11] Inzwischen haben die fortwährende Entforstung und die Brandrodungen der Landwirtschaft neunzig Prozent des ursprünglichen Urwalds, den Lebensraum der Lemuren, zerstört. Man rechnet damit, dass die Lemuren von Madagaskar in spätestens einhundert Jahren ausgerottet sein werden, die Hinterlassenschaft von einhundertsechzig Millionen Jahren während der Dauer eines Menschenlebens zerstört.

In einem dreiunddreißigeinhalb Hektar großen Waldgelände in der Nähe von Durham in Nordkarolina unterhält die Primatenabteilung der Duke University eine Kolonie von mehr als sechshundert Halbaffen, die meisten davon Lemuren, einige in halbwilder natürlicher Umgebung. Diese Kolonie wurde 1958 in Yale angelegt und ging 1968 an die Duke University über. Als im gleichen Jahr ein Vari[12] Nachwuchs gebar, war das seit vierzig Jahren die erste Geburt eines Lemuren in Gefangenschaft. Seitdem wurden mehr als dreihundert Lemuren im Primaten-Center geboren. Der Leiter, Elwyn L. Simons, hat gute Beziehungen zur madagassischen Regierung und konnte 1987 neun in der Wildnis gefangene Sifakas ins Duke-Gelände überführen.

Das Primaten-Center der Duke University braucht finanzielle Unterstützung. Wer sich angesprochen fühlt, schreibe an DUPC, Duke University, Durham, North Carolina, 27706.

Mission Impossible?

Vom 21. bis 24. Mai 2003 trafen sich in London rund einhundertfünfzig Experten zur Artenschutzkonferenz der Vereinten Nationen. Sie legten alarmierende Zahlen vor: Jede zehnte Vogelart und jede vierte Säugetierart sind inzwischen vom Aussterben bedroht, bis zu zwei Drittel aller anderen Tierarten sind stark gefährdet. „Die Welt des Lebendigen verschwindet vor unseren Augen", sagte Peter Crane, Direktor des Botanischen Gartens in Kew, London, anlässlich des Treffens. So umfasst die rote Liste der gefährdeten Tiere und Pflanzen im Frühjahr 2003 insgesamt elftausendsechsundvierzig Arten – Tendenz: rapide steigend.

Im „Museum der Verlorenen Arten" auf Madagaskar lässt William S. Burroughs eine Lemurenart sozusagen vor den Augen von Captain Mission sterben.

Auf der Artenschutzliste der CITES (Convention on International Trade in Endangered Species of Wild Fauna and Flora) stehen auch verschiedene Schleichkatzenarten, darunter die Zibetkatzen. Sie haben Moschusdrüsen, deren Sekret bei der Parfumherstellung gefragt ist. In China gelten sie zudem als Delikatessen. Auf der Suche nach der Entstehung der Lungenkrankheit Sars sind Wissenschaftler im Mai 2003 auf die Zibetkatze gestoßen, die das Sars-Virus in sich trägt. Der Schluss liegt nahe, dass sich ein südchinesischer Koch beim Zubereiten des Wildbrets mit dem Virus infiziert hat, das in seinem neuen Wirt neue und gefährliche Eigenschaften entwickelte. Ein solcher Wirtswechsel ist in der Natur eigentlich nicht vorgesehen und hat deshalb gravierende Folgen.

Burroughs erwähnt in seinem Text das Visna-Virus, das Schafe befällt und eine verblüffende Ähnlichkeit mit dem Aids-Erreger hat. Und er sieht eine Verbindung zwischen dem vom Menschen verursachten Artensterben und der unkontrollierbaren Verbreitung neuer Krankheiten. Die Zerstörung des quasi paradiesischen Ökogleichgewichts hat weltweite virale Entgleisungen zur Folge, die sich zur Katastrophe auswachsen. Und alles nimmt seinen Anfang in einem uralten Gemäuer auf Madagaskar, das wie eine Zeitkapsel die verlorene Artenvielfalt bewahrt hat – und auch alle biblischen Plagen und ihre Verwandten. Nach der Sprengung erfüllt sich Captain Missions Fluch, und die Büchse der Pandora entleert ihre Schrecken.

Schuld an diesem Desaster ist Homo sapiens in seiner Verblendung und Großmannssucht. Für Burroughs ist dieser Homo sapiens kein Wissender, kein „sapiens", sondern ein Homo sap, ein Trottel, Streber, Totschläger (englisch: „sap").

Madagaskar, die viertgrößte Insel der Erde (Fläche: rund 587 000 Quadratkilometer), ist – auf höherem Level – das Pendant zu Captain Missions Traumzuflucht im Dschungel: ein „Museum der Verlorenen Arten", eine Arche, die allerdings akut vom Untergang bedroht ist. Vor einhundertsechzig bis einhundertfünfundsechzig Millionen Jahren löste sich die Insel vom afrikanischen Festland, sodass sich eine einzigartige Tier- und Pflanzenwelt entwickeln konnte – Madagaskar bildet zusammen mit den Inselgruppen der Komoren, Seychellen und Maskarenen eine eigene biogeografische Subregion. Rund achtzig Prozent aller Blütenpflanzenarten sind endemisch, kommen also nur auf Madagaskar vor. Allerdings wurde die natürliche Vegetation der Insel inzwischen vor allem durch Brandrodung weitgehend zerstört; die artenreichen tropischen Regenwälder im Osten und Nordwesten der Insel, in denen Captain Mission mit seinem „Geist des

Glücks und der Wahrscheinlichkeit“ Freundschaft schloss, sind größtenteils verschwunden. Einer 1999 veröffentlichten Studie zufolge sind von der ursprünglichen Waldfläche der Insel nur noch etwa zehn Prozent erhalten. Jährlich gehen einhundertfünfzig- bis zweihunderttausend Hektar an Waldfläche durch Buschfeuer verloren.

Von den zweihundertdreiundfünfzig Vogelarten Madagaskars sind mehr als einhundert endemisch; die Madagaskarstrauße sind bereits ausgestorben. Bei den Reptilien kommen vor allem die Chamäleons, die „Eidechsen-die-ihre-Farbe-ändern“, in zahlreichen endemischen Arten nur auf der Insel vor. Die Tanreks, auch Tenreks oder Madagaskar-Igel genannt, sind eine urtümliche, ebenfalls endemische Gruppe von Insektenfressern. Die Gattung der Raubtiere ist lediglich durch die Schleichkatzen vertreten, zu denen eben auch die Zibetkatze gehört.

Die wohl bekanntesten madagassischen Tiere sind die Lemuren, benannt nach den Unheil stiftenden Totengeistern der alten Römer. Diese ursprünglichen Halbaffen mit großen runden Augen und ihren Rufen und Schreien, die in der Nacht sehr unheimlich klingen, konnten sich aufgrund der geografischen Trennung isoliert von den Affen und Menschenaffen entwickeln und unterschiedliche ökologische Nischen besetzen, während sie überall sonst auf der Welt von den höher entwickelten Primaten verdrängt wurden. Einhundertfünfundsechzig Millionen Jahre lang entfalteten sich Fauna und Flora auf Madagaskar im ökologischen Gleichgewicht – bis vor rund zweitausend Jahren die ersten Menschen die Insel besiedelten. Sie kamen nicht aus Afrika, sondern aus dem asiatischen Raum und führten neue Tierarten ein. Dieser Konkurrenzsituation waren viele endemische Arten auf Madagaskar nicht gewachsen; mindestens vierzehn Lemurenarten starben seitdem bereits aus, darunter auch die Megaladapinae, die auf Bäumen lebten und die Größe eines Orang-Utans erreichten. Mittlerweile leiden alle Lemurenarten besonders stark unter der Zerstörung der madagassischen Wälder; alle sind vom Aussterben bedroht.

Die Wissenschaft kennt rund dreißig noch bestehende Arten, darunter auch das Fingertier oder Aye-Aye, das eine eigene Familie bildet, die Daubentoniidae. Indri und verschiedene Sifakas gehören zur Familie der Indriartigen. Die Familie der Lemurenartigen (Lemuridae) umfasst drei Unterfamilien: die Zwerglemuren mit Katzenmakis, Zwergmakis und Mausmakis; die Mittelgroßen Lemuren (Lemurinae) mit Arten wie

Katta, Vari und Braunem Maki, und die Unterfamilie der Wieselmakis (Lepilemurinae) mit Arten wie Bambuslemur, Halbmaki und Wieselmaki.

Burroughs erwähnt die meisten dieser Arten. Man muss sie nicht mit ihrer exakten biologischen Nomenklatur kennen, um die Botschaft zu verstehen: Ihr Aussterben ist unabwendbar und bedroht auch die Existenz des Menschen; wenn der den Hauch seiner Chance („Ghost of Chance“) verspielt, die Artenvielfalt zu erhalten, sägt er am eigenen Ast. Bei Burroughs entspringen der Büchse der Pandora verheerende, grotesk überzeichnete – und gleichwohl plausible – Seuchen, siehe Sars, Ebola, Aids, um nur einige zu nennen. Aber man muss nicht unbedingt solche Szenarien vor Augen haben, um sich die verheerenden Folgen einer Zerstörung des natürlichen Gleichgewichts zu vergegenwärtigen. Man betrachte das Ökosystem: Die Lemuren auf Madagaskar tragen zum Erhalt der wenigen noch verbliebenen Wälder bei, weil sie die Früchte vieler Baumarten verzehren und damit deren Samen verbreiten. Der Braune Maki sorgt so allein für den Erhalt von mindestens zwanzig verschiedenen Baumarten. Ohne die Lemuren gibt es also auf Dauer keinen Wald – und ohne den Wald, von dem sie sich ernähren, können die Lemuren nicht existieren. Ohne den Wald geht also die Artenvielfalt Madagaskars unwiederbringlich verloren. Ohne den Wald versiegt aber auch das Wasser, und ohne Wasser gibt es keinen Reisanbau – weshalb langfristig auch die Menschen nicht überleben können.

Vor dem Hintergrund der ökologischen Zusammenhänge gewinnt Captain Missions Mission einen ganz speziellen Symbolwert. Wer den Text von Burroughs lediglich an seinen früheren, umfangreicheren und sozusagen „literarischeren" Werken misst, wird vielleicht gewisse Schwächen bemängeln. Eine davon mag sein, dass Burroughs sich in seiner Balance aus Fakten und Fiktion anscheinend nicht so recht entscheiden konnte, ob er ein wissenschaftlich begründetes Plädoyer für den Umweltschutz halten sollte – man beachte die umfangreichen Anmerkungen, die im Original als Fußnoten auftauchen und im vorliegenden deutschen Text als eigene Absätze, mit Sternchen getrennt, gesetzt wurden. Sicher ist jedoch: Burroughs hatte in diesem Fall wie sein französischer Captain eine Mission (Impossible?), ein Anliegen. *Ghost of Chance* ist sozusagen eine Öko-Novelle.

Und vieles, was dieser Text in knapper, fragmentarischer Form anspricht, gewinnt im Jahr 2003 erstaunliche Aktualität. Siehe Sars, die Zibetkatze und die Auslöschung der Arten. Doch da ist noch mehr. Vor rund zweitausend Jahren landeten die ersten Siedler auf Madagaskar. Ungefähr zur gleichen Zeit startete Jesus Christus seine Karriere als Wunderheiler, und eine erstaunliche Erfolgsgeschichte, nämlich die des Christentums, nahm ihren Anfang. Burroughs weist darauf hin, dass der Mann aus Nazareth das „Gleichgewicht der Wunder" gewaltig störte, und sieht auch hier eine Ursache für die ökologische Misere, für welche die Zerstörung der Artenvielfalt auf Madagaskar nur ein Beispiel von vielen ist. Die Ausbreitung des Christentums gleicht in gewisser Weise der Brandrodung des Regenwalds. Alles zu einem guten Zweck und alles ohne Rücksicht auf Verluste. Und alles zu einem Preis, der letztlich zu hoch ist. Dass ein US-Präsident wie George W. Bush, der als bekennender Fundamentalist seinen Tag im Weißen Haus mit einem Gebet beginnt, den Irak-Krieg vom Zaun bricht und dabei Kollateralschäden jedweder Art – vor allem auch in ökologischer Hinsicht – billigend in Kauf nimmt, passt bestens ins Bild. Und wenn Burroughs ausgerechnet ein Vorstandsmitglied aus Texas zu Wort kommen lässt, das den Krieg gegen den Drogenhandel nur deshalb propagiert, um seine eigenen Geschäftsinteressen zu wahren, dann gewinnt sein vielschichtiger Text noch zusätzlich frappierende Aktualität.

Ghost of Chance erschien erstmals 1991 in einer limitierten Auflage für das Whitney Museum of American Art in New York und wurde 1995 wieder veröffentlicht. Damals bemängelten Kritiker, dass Burroughs zu viele unausgegorene Ideen in einen zu knappen Text gepackt habe, dass ihm dabei der Fokus verloren gegangen und die Geschichte außer Kontrolle geraten sei. Man kann das durchaus auch anders sehen.

—

MANCHE HISTORIKER halten den Bericht über Captain Mission und die Piratenrepublik Libertatia für eine literarische Fiktion. Gegen diese Annahme spricht die Tatsache, dass er 1724 in Charles Johnsons Buch *The General History of the Pyrates* erschien, das von Anfang an als verlässliche Quelle akzeptiert wurde. Das entsprechende Kapitel aus dem Buch lässt sich im Internet unter der Adresse www.oddworldz.com/ratsim/libertatia.html nachlesen. Ob Captain Mission tatsächlich existierte, lässt sich indes nicht mit Sicherheit belegen. Libertatia lag vermutlich in der Bucht von Diego Suarez im Norden Madagaskars. Die Existenz von Missions Piratenpartner Thomas Tew ist hingegen mehrfach belegt. Einer seiner Nachkommen betreibt Ahnenforschung und hat die Ergebnisse im

Internet unter www.redflag.co.uk/family/johnson chapter.html veröffentlicht.

Wer helfen will, die Reste des Waldes auf Madagaskar und damit die letzten Lemuren zu retten, sollte sich an den World Wildlife Fund wenden:

WWF Deutschland
Rebstöcker Straße 55
D-60326 Frankfurt am Main
info@wwf.de
www.wwf.de

Manfred Gillig-Degrave

Anmerkungen

1 El-Mektoub ist das Schicksal, die Vorsehung, wie sie Allah laut dem Propheten Mohammed für jeden Menschen schon vor dessen Geburt festgelegt hat.

2 Indri heißt auch eine der größten Lemurenarten, Indri indri aus der Familie der Indriidae.

3 Die elf Arten aus der Pflanzenfamilie der Didiereaceae wachsen nur in den Dornwäldern von Madagaskar; die Art Didierea ist als Madagaskarpalme bekannt.

4 Flughund: Pteropus poliocephalus aus der Ordnung der Fledertiere.

5 Die beiden Cynocephalus-Arten der Colugo-Lemuren oder Philippinen-Gleitflieger gehören zur Familie der Cynocephalidae aus der Ordnung der Spritzhörnchen und Riesengleitflieger und sind nicht mit den Lemuren Madagaskars verwandt.

6 Die Familie der Tenreks, Tenrecidae, gehört zu den Insektenfressern, Insectivora, und

kommt nur auf Madagaskar vor. Die verschiedenen Arten haben dort unter anderem die ökologischen Nischen von Igel, Maulwurf oder Spitzmaus besetzt.

7 Die Visna-Krankheit des Schafs ähnelt Aids in vielen Details. Visna-Virus und HIV gehören beide zu den Lenti- oder Langsamviren; ihre Gensequenz ist weitgehend identisch. Manche Forscher äußerten den Verdacht, dass HIV in den USA aus Laborversuchen mit Visna-Viren entstanden sei.

8 Alfred Habdank Korzybski (1880–1950) befasste sich mit Psychologie, Neurologie und Linguistik und begründete mit seinem Buch *Science and Sanity* die Wissenschaft von der allgemeinen Semantik. Deren grundlegende Postulate besagen, dass erstens Worte nicht mit Sachen verwechselt werden dürfen, dass zweitens Worte niemals alles sagen können und dass drittens Worte über Worte ohne Ende gesagt werden können.

9 Andere Quellen zitieren das Buch *A General History of the Most Notorious Pirates* unter dem Titel *The General History of the Pyrates*.

10 Bei Johanna und Mohilla dürfte es sich um die Inseln Anjouan und Mohili handeln, die zu den Komoren gehören.

11 Im Jahr 2002 hatte Madagaskar 15,5 Millionen Einwohner.

12 Beim Vari handelt es sich um die Art Varecia variegata aus der Unterfamilie der Mittelgroßen Lemuren, Lemurinae.

Beat-Literatur bei Hannibal

Neal Cassady

Der Flügel des Engels

Autobiografisches, Selbstzeugnisse, Briefe an Jack Kerouac

Broschur, 260 Seiten, 8 Seiten S/W-Fotos

ISBN 3-85445-136-9

* * *

Ed Sanders

Tales of Beatnik Glory

Band 1: Die Freaks von Greenwich Village

Broschur, 320 Seiten

ISBN 3-85445-153-9

Band 2: East Side Blues

Broschur, 264 Seiten

ISBN 3-85445-154-7

Band 3: Der Sommer der Liebe

Broschur, 240 Seiten

ISBN 3-85445-133-4

* * *

Michael Schumacher

Allen Ginsberg – Eine kritische Biografie

Gebunden mit Schutzumschlag, 624 Seiten,

21 Seiten S/W-Fotos, Index, ausgewählte Bibliografie

ISBN 3-85445-163-6

* * *

Steven Watson

Die Beat Generation

Visionäre, Rebellen und Hipsters, 1944–1960

Gebunden mit Schutzumschlag, 400 Seiten mit über 100 S/W-Fotos durchgehend illustriert, Bibliografie

ISBN 3-85445-155-5